KB042936

정우 3

초판 1쇄 인쇄일 2014년 4월 16일 ┃ **초판 1쇄 발행일** 2014년 4월 18일

지은이 베가 ┃ **펴낸이** 곽중열 ┃ **담당편집 팀장** 이범수
편집부 신연제 이윤아 김호성 김은경

펴낸곳 (주)조은세상 ┃ **출판등록** 제 2002-23호
주소 경기도 고양시 일산동구 장항동 558번지 6호
TEL 편집부 02)587-2966 영업부 031)906-0890 ┃ FAX 031)903-9513
e-mail bukdu@comics21c.co.kr

ⓒ베가 2014
ISBN 979-11-5512-364-5 ┃ ISBN 979-11-5512-361-4(set) ┃ 값 8,000원

※잘못 만들어진 책은 바꿔 드립니다.
※저자와의 협의에 의해 인지는 생략합니다.

NEO MODERN FANTASY STORY & ADVENTURE

배가현대 판타지 장편소설

3

REVOLUTION

정우 REVOLUTION 3

NEO MODERN FANTASY STORY & ADVENTURE

NEO MODERN FANTASY STORY & ADVENTURE

제 1 화

도베르만 핀셔

I

정우는 손에 들고 있던 책을 덮으며 고개를 들었다.

약 70cm 정도의 체고로 보이는 검은 대형견이 아파트 보안문 앞에 서 있다.

쐐기꼴의 머리.

위풍당당한 골격.

도베르만 핀셔다.

도베르만 핀셔는 1800년대 후반 루이스 도베르만이란 사람에 의해 경비견을 목적으로 만들어진 품종으로 30~40년만의 짧은 기간 안에 탄생했다.

1900년 독일 켄넬 클럽에 등록된 이후 20세기에 개량된 마지막 개로도 불린다.

제1차 세계대전에서 세퍼트와 함께 독일군의 군용견으로 활약했고 그 이후, 세계 곳곳의 경찰견으로 인기를 얻었다.

윤기가 흐르는 피모와 군살이라고는 찾아볼 수 없는 완벽한 몸매가 눈에 들어온다.

도베르만 핀셔가 마치 말이 뛰는 것처럼 가볍고 경쾌하게 한 바퀴를 회전하며 뛰었다.

목에는 군번줄처럼 보이는 은색의 목걸이가 조명을 받아 번쩍 거리며 흔들 거렸다.

목걸이와 연결된 목줄은 가죽으로 되어 있어 도베르만을 한층 더 고급스럽게 보이게 했다.

흔히 주인들은 도베르만의 꼬리를 자르고 귀를 수술시킨다. 경비견으로 유명한만큼 상대에게 꼬리를 내리는 모습을 보이지 않게 하기 위해서, 우뚝 솟은 귀로 보다 강한 이미지를 만들기 위해서다.

반면 눈앞의 도베르만은 축 처진 귀와 정상적인 꼬리를 가지고 있고 잘 관리된 체격을 갖추고 있는 걸로 봐서 정우는 이 도베르만을 향한 주인의 관심이 깊다는 것을 알 수 있었다.

왜 이런 곳에 있는 거지?

정우가 의아함에 고개를 갸웃 거리며 발을 떼려던 순간.

"컹컹컹!"

도베르만이 잇몸을 드러내며 짖었다.

으르렁 거리는 아가리에서 침이 흘러 내렸다.

도베르만은 상당한 경계심을 드러냈다. 하지만 정우는 개의치 않고 도베르만에게 저벅저벅 걸어갔다.

도베르만이 아가리를 벌리며 쏜살같이 달려들었다.

정우는 달려드는 도베르만의 목을 움켜잡고 눈을 마주 쳤다. 강한 힘으로 버둥거리는 도베르만의 주둥이를 잡아 위 아래로 흔들었다.

도베르만의 눈에 당황한 기색이 어렸다.

몸통을 잡고 배를 보이게 뒤집었다.

배를 보인 도베르만이 짧게 버둥거리다가 이내 포기했다.

정우는 손을 놓고 뒤로 물러나 1m 정도의 거리를 두고 무릎을 굽혀 앉았다.

"Come here."

정우가 미소를 띠우며 손가락을 까닥 거렸다.

도베르만은 잠깐 망설이다가 정우의 눈을 보더니 대가리를 내리며 다가왔다. 정우는 도베르만의 대가리를 쓰다듬으며 안아주었다. 서열의 차를 확실히 인지한 도베르만이 이내 경계를 완전히 풀고 정우에게 꼬리를 흔들었다.

목걸이를 보니 '챔프' 라는 글자가 새겨져 있다.

정우는 도베르만을 보며 생각했다.

우선은 집으로 데려갔다가 먹을 것을 먹인 뒤, 경찰서에 데려가 주인의 신고가 들어왔는지 확인해 보기로 결정 했다.

"가자 챔프."

목줄을 잡고 앞장서자 도베르만이 가벼운 걸음으로 정우를 따라 나섰다.

보안문을 지나 엘리베이터 앞에 섰다.

마침 엘리베이터가 1층으로 내려오고 있었다.

정우는 목줄을 살짝 당겨 뒤로 물러났다.

엘리베이터 문이 열렸다.

음식물 쓰레기를 손에 든 중년인이 엘리베이터에서 내리려다가 정우가 데리고 있는 도베르만을 보고 헛바람을 삼키며 뒷걸음질 쳤다.

그는 엘리베이터 벽에 등을 붙인 체 눈을 커다랗게 떴다.

"죄송합니다. 놀라셨어요?"

정우가 사과의 뜻으로 고개를 숙였다.

"아니, 아파트에 개를 끌어들이면 어떡해! 그것도 이렇게 큰……."

"컹!"

중년인이 큰 소리를 내자 도베르만이 짧게 짖었다.

중년인은 창백하게 질린 얼굴로 말을 삼키며 어깨를 움츠렸다.

"키우려는 건 아닙니다. 유기견이라 잠시만 데리고 있으려고 합니다. 금방 데리고 나갈 테니까 양해 부탁드립니다."

"아, 알았으니까 좀 치워봐. 나가지도 못……."

엘레베이터 문이 닫히려 할 때 도베르만이 중년인을 향해 달려들었다.

"으아악!"

중년인이 팔로 얼굴을 막으며 바닥에 주저앉았다.

정우가 목줄을 잡아당기며 닫히려는 엘리베이터 문을 잡아 다시 열었다.

"미치겠네 진짜."

중년인이 울 것 같은 얼굴로 챔프를 원망스럽게 쳐다보았다.

"많이 배고픈가 봐요. 가지고 계신 음식물 쓰레기보고 그런 것 같으니까. 너무 무서워하지 않으셔도……."

"지금 그걸 말이라고 해!"

중년인이 구석에서 팔 다리를 오므리며 꽥 소리를 질렀다.

"죄송합니다. 그럼 제가 잠깐 나가있을 테니까 편하게 나오세요."

정우가 말을 마치자마자 챔프를 데리고 밖으로 나왔다.

챔프는 미련이 가득한 눈길로 혀를 날름거리며 음식물 쓰레기를 돌아보았다.

정우는 챔프를 데리고 대가리를 쓰다듬으며 그가 나가기를 기다렸다. 잠시 후, 중년인은 보안문을 나와 욕을 중얼중얼 거리며 분리수거장으로 멀어져 갔다.

정우는 챔프를 집으로 데려가자마자 목욕부터 시켰다.

털을 말리고 방으로 데려와 목줄을 침대 기둥에 묶어 두었다.

정우는 침대에 걸터앉으며 흘깃 챔프를 내려다보았다.

힘이 없는 눈으로 바닥에 엎드려 있다.

지갑을 확인해 보니 다행히 만 원짜리 한 장이 있었다.

"잠깐만 기다려."

정우는 거실로 나와 방문을 닫았다.

"컹!"

챔프가 불안한 듯한 목소리로 짖었다.

집 근처 편의점에 도착한 정우는 기다란 소세지 두 개, 강아지용 간식 두 개를 샀다.

워낙 덩치가 좋은 대형견이라 이 정도로는 간에 기별도 안 오겠지만 주머니 사정이 가벼운 탓에 미안하지만 어쩔 수가 없다.

계산을 치르고 집으로 돌아왔다.

"컹컹!"

반갑다는 듯 커다랗게 짖는 걸 보니 그래도 힘은 남아 있는 모양이다.

작은 미소를 띠우며 방문을 열었다.

정우는 마른침을 삼켰다.

침대 옆에 똥이 배설되어 있었다.

정우는 초조한 얼굴로 분주히 움직이고 있는 챔프를 보며 약하게 웃음을 흘렸다.

"건강하네……."

정우는 휴지를 가져와 챔프의 똥을 치웠다.

챔프가 똥을 치우고 있는 정우에게 달려들어 뺨을 핥았다.

"비켜. 청소 중이잖아."

챔프를 밀어내며 방을 닦고 청소를 끝냈다.

식탁 위에 올려둔 간식을 가져오자 챔프가 눈을 희번덕거리며 달려들었다.

"기다려."

손바닥을 내밀며 명령을 내렸다.

챔프는 침을 삼키며 얌전히 바닥에 엉덩이를 붙였다.

역시나 교육을 받은 흔적이 있다.

먹이를 보니 에너지가 넘쳐흐름에도 명령에 복종할 줄 안다. 목을 빳빳이 세우고 정우가 손에 들고 있는 소세지에서 시선을 떼지 못했다.

정우는 소세지 껍질을 벗겨 두 개를 먹인 뒤 간식용 육포를 먹였다. 챔프는 게눈 감추듯 순식간에 간식을 해치웠다. 밥그릇에 생수를 담아와 바닥에 두었다. 챔프는 혀를 할짝 거리며 물 한 그릇을 뚝딱 해치웠다.

다 죽어가던 녀석이 배를 채우자 명견으로써의 풍부한 아우라를 뿜어낸다.

컨디션을 회복하자 활동량이 증폭했다.

자신 앞에서 한 시도 가만히 있지 못하는 녀석을 보며 정우는 짧게 웃었다.

시계를 보니 어느덧 7시가 다 되어 가고 있었다.

어머니가 돌아오기 전에 데리고 나가야 했다.

정우는 간단하게 샤워를 마친 후, 챔프를 데리고 밖으로 나섰다.

밝은 조명과 네온사인이 어둠을 밝히고 있는 동네를 거닐었다. 지나가던 사람들이 정우와 함께 걷고 있는 챔프를 보며 감탄사를 흘렸다.

보통 대형견과 함께 걸으면 자연 시선이 대형견에 쏠리기 마련이건만 모두의 시선은 챔프와 정우 둘 모두 동등하게 분배 되었다.

지나치리 만큼 잘 어울리는 탓이다.

몇몇 사람들은 정우와 챔프를 보느라 발을 헛디디기까지 했다.

사람들의 시선을 한 몸에 받으며 정우는 코너를 돌아 동네 지구대 앞에 도착했다.

문을 열고 안으로 들어가자 사무를 보고 있던 젊은 순경이 눈을 동그랗게 뜨며 일어섰다.

"어떻게 오셨습니까?"

"유기견을 발견해서요. 신고 들어온 거 없었나요?"

유기견이라는 말에 순경이 챔프를 보며 껄끄러워하는 표정을 미미하게 드러냈다.

"네, 아직까지는."

"목걸이에 챔프라고 이름이 적혀 있습니다. 잘 관리된 걸 보니까 정성껏 키운 거 같은데. 아마 곧 찾으러 오지 않을까 싶은데요."

"저희가 맡아둘 수는 없고 보통 바로 센터에 연락해서 보냅니다."

"센터라면."

"구청이나 지자체 위탁 보호소죠."

정우가 잠깐 생각을 하다가 고개를 끄덕였다.

"혹시 애완견 기르세요?"

순경이 물었다.

정우는 가볍게 고개를 가로 저었다.

"아니요."

순경이 검지로 관자놀이를 긁적거리며 조심스럽게 말을 꺼냈다.

"잠깐 맡아주실 생각은 없으시죠?"

눈치를 보며 묻는다.

"아파트라서요."

순경이 얼굴을 찌푸리며 곤란한 표정을 지었다.

"무슨 문제라도 있습니까?"

"저 그게 주인을 찾으러 안 오면 이주 후 정도에 센터에서 안락사를 시키거든요. 뭐 그거야 시스템이 그러니까 어쩔 수 없는 일이기도 하고 불쌍하기도 하고. 그리고 뭣보다 시기가 좀 안 좋아서요."

순경이 말끝을 살짝 흐렸다.

"자세히 말씀해 주세요."

"얼마 전에 중랑구에서 일이 하나 크게 터졌어요. 동네 주민 한 분이 유기견을 데려왔는데 지구대에서 실수로 개인이 운영하는 식용견 농장에 넘겼다가 걸렸거든요. 골 때리는 일이죠."

순경도 어이가 없는지 웃음을 흘렸다.

정우는 어금니를 깨물며 미간을 찌푸렸다.

"지구대 관할 소장으로부터 지시가 내려왔습니까?"

순경이 어깨를 으쓱였다.

"그건 아닌 거 같아요. 저녁 시간에는 구청과 지자체 보호소가 업무를 안 하니까. 뭐 순경들도 귀찮으니까 확인도 제대로 안하고 넘겨서 그렇게 된 거 같은데."

"사칭이군요."

"네. 한국 애견 연맹이라고 나왔는데. 절차도 없이 그냥 넘겨버린 거죠."

순경이 입을 비죽 내밀었다.

"직무유기 처벌은요?"

"주인이 카페도 만들고 이런 저런 항의를 자꾸 하니까 대충 달래서 끝낸 거 같아요."

순경이 한숨을 쉬며 말을 이었다.

"어떻게 하실래요. 일이 터져서 이제는 소 잃고 외양간 고치는 격이긴 한데 그래도 지금은 제대로 절차를 밟고 있거든요. 근데 우리 쪽에선 사실 껄끄럽죠. 괜히 또 일 터져서 복잡해지는 거 아닌 가 싶기도 하고. 지자체 보호소로 넘겼다가 안락사 당한 후에, 주인이 찾아오면 우린 또 난감하고. 그나저나……. 개가 참 크네요."

순경이 한숨을 툭 내뱉었다.

잠시라도 데리고 있기 싫은 표정이었다.

그 모습을 보고 정우가 손을 내밀었다.

"메모지 하나 주세요."

"여기요."

메모지를 받고 휴대폰 번호를 적었다.

"혹시 주인이 찾아오면 이 번호로 연락하라고 해주세요."

"맡고 계시게요?"

순경이 얼굴을 환하게 밝혔다가 다시 표정 관리를 했다.

"연락 기다리겠습니다."

정우는 챔프를 데리고 지구대를 나왔다.

챔프를 내려다보았다.

동정심을 자극하는 눈빛을 마구 쏟아내고 있다.

도베르만은 충성도가 높다.

주인을 잃어버린다는 건 어떤 기분일까?

잘은 모르겠지만 굉장한 상실감일 것이다.

아파트에 계속 둘 수는 없을 것 같고……. 휴대폰을 꺼내 김주호에게 전화를 걸었다.

그 녀석이라면 아마 가능할 지도 모르겠다.

"대박인데?"

김주호는 챔프를 보자마자 심각한 얼굴을 했다.

그 것은 애매했지만 자세히 보면 감탄사에 가까운 표정이었다.

"맡아줄 수 있어?"

"그냥 이거 내가 키우면 안 되냐?"

"주인이 찾으면 돌려주고 연락 없으면 네가 키워."

김주호가 고개를 갸웃거리며 웃었다.

"내가 그렇지 않아도 영화 보면서 나도 저런 사냥개 몇 마리 있으면 좋겠다 싶었는데."

"도베르만은 추위에 약하니까 온도 신경 쓰고, 마당 있지?"

"있다 뿐이냐. 운동장만하다 아주."

"운동은 필수적으로 해야 하니까 하루 2회 정도 하고."

"걱정 마라."

정우가 목줄을 넘겼다.

챔프는 온순하게 행동했다.

김주호는 목줄을 받고 입이 헤벌쭉 벌어졌다.

"그렇게 좋나?"

정우가 웃으며 물었다.

"이름이 챔프라고?"

정우가 점퍼 주머니에 손을 넣으며 고개를 끄덕여 보였다.

"죽이네."

"그렇게 개가 좋으면서 그동안 안 키우고 뭐했어?"

"집에 안 들어갔으니까. 이유는 묻지 마라. 집안사가 복잡하다 아주."

챔프를 쓰다듬으면서 말하던 김주호가 고개를 바짝 들었다.

"야 같이 갈래?"

"어딜?"

"우리 집."

"내가 너희 집에 왜 가."

"아 맞다. 우리 엄마랑 사이 안 좋지."

김주호가 피식 웃었다.

"가 그만."

정우가 말했다.

김주호가 손을 살짝 들자 기다리고 있던 기사가 차 시동을 걸었다.

"간다. 그럼."

김주호가 챔프를 데리고 몸을 돌렸다.

"고맙다."

김주호가 여전히 챔프에게서 눈을 떼지 못하며 손을 대충 흔드는 걸로 인사를 받았다.

김주호가 떠난 뒤 정우는 손을 쥐었다 폈다를 반복했다. 손끝에 허전함이 남아있다. 정우는 손바닥을 꾹꾹 누르며 집으로 발길을 돌렸다.

"어디 갔다 왔어?"

집에 도착하자 어머니가 TV를 끄며 거실로 나왔다.

"유기견이 집 앞에 한 마리 있길래 경찰서 갔다가 친구 한테 넘겼어요."

"왜 친구한테 넘겨?"

"이래 저래 얘기하자면 좀 길어요. 어머니는 식사 하셨 어요?"

"살 좀 빼려고. 요즘 몸이 점점 무거워 지는 것 같아서. 밥 아직 안 먹었지?"

"제가 차려 먹을게요. 들어가서 쉬세요."

"괜찮아. 뭐해줄까?"

"죄송하지만 제가 요즘 요리에 관심이 생겨서요."

"못 말려 정말."

어머니가 웃으며 등이 떠밀렸다.

정우는 점퍼를 벗고 팔을 걷었다.

냉장고를 열어 재료들을 확인했다.

뭘 먹을까.

뒷머리를 긁적이며 고민하다가 랩에 싸여 있는 생선 한 마리를 꺼냈다.

오늘 메인 요리는 생선으로 정했다.

반찬을 꺼내 식탁 위에 올리고 수저를 세팅했다.

눌러 붙지 않도록 생선에 밀가루를 얇게 입힌 뒤, 팬을 달구고 적당량의 오일을 살짝 둘렀다.

약간 센 불로 껍질을 먼저 굽고 뒤집어서 속살을 촉촉하게 구었다.

후라이팬에 익히고 있는 생선을 보면서 팔짱을 끼고 요리사에 대한 직업을 생각해 봤다.

크게 구미가 당기지도 않고 그림도 그려지지 않는다.

벌써 4월이다.

졸업하기 전에 꿈을 찾을 수 있을까?

유일한 고민이라면 고민이다.

다 익힌 생선을 그릇 위에 올려 식탁에 두고 식사를 했다.

"잘 차려 먹네."

안방에서 빨래 거리를 가지고 나오던 어머니가 식탁 옆에 서서 미소를 빙글 지으며 말했다.

"어머니도 좀 드세요."

"음…… 그럼 아들이 만든 거 조금만 먹어볼까?"

"네. 그러세요."

정우가 미소를 보내며 밥과 수저를 식탁에 하나 더 놓았다. 세탁기를 돌리고 온 어머니가 손을 씻고 식탁 앞에 앉았다.

"어디……."

생선 한 점을 먹은 어머니가 어깨를 으쓱 올렸다.

"우와! 엄마보다 나은데?"

"무슨, 아니에요. 근데 그 정도로 식사 되시겠어요?"

어머니의 밥은 두 숟가락 정도면 비워질 양이었다.

"충분해. 근데 정우야⋯⋯. 기억은 좀 돌아왔어?"

어머니가 조심스럽게 물었다.

"아니요. 아직까지는 특별히."

"그래?"

어머니가 과장되게 웃어 보였다.

"금방 돌아오겠지."

어머니는 복잡한 감정이 엉켜있는 얼굴로 애써 웃으며 밥을 먹었다.

조용한 식탁.

의지와 상관없이 무게감이 목젖을 눌러왔다.

다 쓰러져가는 판잣집이 보였다.

그늘진 동네를 거닐다 주머니에 들어 있는 작은 돌멩이를 하나씩 꺼내 던졌다.

노랗고 하얀 연탄들이 돌멩이를 맞고 부서진다.

"이놈아!"

주름이 자글자글한 할머니가 나와 호통을 내지른다.

화들짝 놀라며 뛰었다.

쌓여있는 판잣집 사이 길을 뛰어다니다 서서히 걸음을 멈췄다.

멀리서 연기가 피어오르고 있다.

"불이다……."

그렇게 중얼거렸다.

입가에 미소를 띠우며.

달렸다.

연기가 나는 곳으로.

불구경.

가슴이 두근거린다.

끝이 보이지 않는 계단을 타고 뛰어 올라갔다.

검은 어둠이 눈앞을 스쳐 지나가고 풍경이 바뀌었다.

뜨거운 열기가 온 몸에 와 닿았다.

붉고 검은 불길이 하늘 위로 점점 높이 치솟고 있었
다.

매캐한 연기에 기침이 흘러 나왔다.

손으로 회색 연기를 쳐내며 내려가려는 때,

"엄마!"

쥐어짜듯 비명처럼 지르는 소리가 들렸다.

고개를 돌렸다.

한 아이가 불길에 삼켜진 판잣집을 보며 울고 있었다.

땟국물이 줄줄 흐르는 아이가 무릎을 꿇고 비명을 지른
다.

커다랗게 뜬 눈으로 멍한 기분에 사로잡혔다.

◇◇◇

떼르르!

시끄럽게 울리는 알람 소리에 눈을 떴다.

정우는 침대에서 내려와 알람을 끄고 커튼을 쳤다.

밝은 아침 햇살이 정우의 얼굴을 비췄다.

정우는 마른 침을 삼켰다.

꿈을 꾼 것 같은데 자세히 기억나지 않는다.

희미했다.

드문드문 장면이 떠오르는 정도 뿐.

뻐근한 목을 주무르며 휴대폰을 확인 했다.

메시지 하나가 도착해 있었다.

휴대폰 메세지 창을 열어 내용을 확인했다.

- 안녕하세요. 챔프 주인이에요. 순경 아저씨가 이쪽으로 연락드리면 된다고 해서 메시지 남겨요. 언제든지 편한 시간대에 연락 주세요. 기다리고 있겠습니다. 그리고 챔프를 생각해서 맡아주고 계신다는 얘기를 들었어요. 정말 감사드리고, 만나 뵙게 되면 다시 한 번 인사드리겠습니다. 다시 한 번 정말 감사드려요.

정우는 답장으로 메세지를 적었다.

– 학교 수업 마치고 4시나 5시 쯤. 그쯤에 전화 드리겠
습니다.

정우는 메세지 전송을 마치고 등교 준비를 했다.

II

"벌써?"

주인에게서 연락이 왔다는 말에 김주호가 미간을 찌푸
리며 윗입술을 뒤집었다.

"넌 새로 키워 그냥. 여유가 없는 것도 아니잖아."

"새끼부터 키우는 건 왠지 부담스럽고, 새로 사는 것도
그렇고 분양받는 것도 간지럽고. 아아 샹. 챔프가 이름도
그렇고 마음에 들었는데 남의 떡이라 그런가. 괜히 더 탐
나나?"

"허튼 꿈꾸지 말고 집 주소가 뭐야? 주인 데리고 찾아갈
게."

"됐어. 내가 데리고 갈 테니까. 주인 만나서 전화든 문
자든 위치 날려."

"그 순수한 성격으로 그동안 애들은 어떻게 괴롭히시고
다닌 건지."

"시끄러워!"

벌건 얼굴로 발작적으로 반응하는 김주호를 보며 정우가 빙긋 웃었다.

수업이 모두 끝나고 정우는 학교 교문 앞에서 챔프의 주인에게 전화를 걸었다. 신호음이 가자마자 주인이 전화를 받았다.

– 여보세요?

떨리는 목소리가 들렸다.

목소리가 다소 어린 것 같다.

"오늘 새벽에 문자 하셨죠? 계시는 곳 말씀해 주시면 데리고 가겠습니다."

– 제가 갈게요. 찾아주시고 맡아주시기 까지 했는데 그렇게 폐를 끼칠 수는…….

목소리가 이중으로 들렸다.

정우는 뒤로 고개를 돌렸다.

통화를 하며 걸어오고 있는 여자의 얼굴이 눈에 들어온다.

눈을 마주쳤다.

기억에 있는 여자다.

얼마 전, 교실에서 마주쳤던 1학년 여학생.

맑은 피부에 여전히 아름다운 얼굴이었다.

"혹시……."

정우의 목소리를 들으며 얼굴을 본 여학생이 손에 들고 있던 휴대폰을 떨어뜨렸다.

그녀는 어쩔 줄 몰라 하며 허둥지둥 거리다가 휴대폰을 주워들었다.

그녀가 고개를 숙이자 머리카락에 얼굴이 묻혔다.

"너였어?"

"……네."

미소를 띠운 정우의 물음에 여학생은 기어들어가는 목소리로 대답했다.

정우가 휴대폰을 끄고 여학생에게 걸어갔다.

"얘기할 땐 서로 얼굴을 봐야지."

정우가 그녀와 눈을 마주치려 하며 말했다.

여학생의 얼굴이 빨갛게 물들었다.

"아, 네. 네."

그녀가 정우의 눈을 피하며 더듬거리면서 대답했다.

가까이서 보니 눈이 부어 있다.

얼마나 울었으면 지금까지 이 모양일까.

눈에 선하다.

챔프를 잃어버리고 한없이 눈물을 쏟은 모양이다.

"걱정하지 마. 챔프는 잘 있으니까."

"정말 감사드려요. 한 번도 집을 나가본 적이 없는데. 왜 그랬던 건지."

또 다시 그녀의 눈에 물기가 어렸다.

여전히 명찰이 없다.

30

"이름이 뭐야?"

정우가 물었다.

"신연아에요."

그녀가 자그맣게 얘기했다.

"내 이름은."

"알아요. 이정우 선배님이시죠?"

연아가 빨간 얼굴로 마치 퀴즈라도 맞추듯이 조금 한 박
자 빠르게 말했다.

정우가 살짝 놀란 얼굴이 되었다.

"어떻게 알아?"

"우리 학교에서 정우 선배님을 모르는 사람은 없을 거
예요. 운동도 잘하시고 공부도 잘하시고. 소문도 있
고……."

"무슨 소문?"

"네?"

연아 놀란 얼굴로 고개를 들었다.

"그, 그게……."

정우는 잠자코 그녀의 말을 기다렸다.

눈치를 본다.

말을 꺼내기 어려워 보이는 얼굴이었다.

"뭘 들었고 나에 대해 어떻게 들었는지는 모르겠지만
별로 신경 안 쓰니까 혹시라도 어려워할 필요는 없어.

어차피 소문 같은 건 별로 믿을 게 못 되니까."

"네."

연아가 정우를 보며 조금은 밝아진 얼굴로 고개를 끄덕였다.

정우는 속이 불편해졌다.

조용하게 지내고 싶었는데 학교에서 모르는 사람이 없다니.

어느새 유명인이 다 됐다.

정우는 속으로 쓴웃음을 삼켰다.

"내가 아파트에 살아서 어쩔 수 없이 챔프를 친구한테 맡겨놨어. 주인 찾으면 친구가 데리고 찾아온다고 했거든? 집이 어디야? 같이 가자."

"제가 데려가도 되는데……."

연아가 고개를 숙이며 자신의 손을 주물럭거렸다.

"내가 불편해서 그래. 그럴 만한 이유가 있거든."

"아……. 그럼 이쪽으로."

"위치가 어디쯤이야? 전화해서 알려줘야 하니까."

"한남동이요."

"그래? 나랑 같은 동네네."

"정말요?"

연아가 눈을 동그랗게 떴다.

"여러 가지로 인연이 깊다."

정우의 말에 연아가 고개를 숙이며 웃었다.

"버스타고 가지?"

"네."

"어디서 내려?"

"전자마트 큰 거 있는 쪽인데. 이름이……."

"어딘지 알아. 가자."

"네."

연아가 미소를 머금은 얼굴로 아랫입술을 깨물며 고개를 끄덕였다.

연아를 뒤따라가면서 김주호에게 전화를 걸었다.

– 왜?

김주호가 퉁명스럽게 전화를 받았다.

"주인 만났다."

– 어디로 가면 되는데.

김주호가 피곤함과 짜증이 섞인 목소리로 물었다.

"한남동 PA테크노마트."

– 알았어. 출발할 때 연락할 테니까 그렇게 알고 있어.

전화를 끊고 버스정류장에 도착했다.

"몇 번 버스야?"

정우가 노선을 보면서 물었다.

"270번이요."

"생각할수록 신기하네. 챔프를 만난 것도 그렇고, 주인이 너인 것도 그렇고 같은 동네 사람인 것도 그렇고."

"그러네요. 다행이에요 정말. 챔프를 선배님이 데리고 계셔 주셔서."

"많이 놀랐겠다."

"네 조금."

― 빵빵!

클락션 소리에 얘기를 나누던 정우와 연아의 시선이 앞으로 향했다. 눈에 익은 SUV 차량이 보였다. 보건선생 채아가 차에서 내려 다가왔다.

"뭐야 여자 친구 생겼어?"

채아가 생글거리며 웃는 얼굴로 물었다.

"아니요. 일이 좀 있어서."

"무슨 일인데?"

"유기견을 찾아서 데리고 있었는데, 주인이 여기 우리 학교 후배더라구요."

"아아 정말? 엄청난 우연이네."

"그러게요."

"같이 가자. 데려다줄게."

"괜찮아요."

"내가 더 괜찮아. 약속도 없고 집에 가서 할 것도 없단 말이야. 안녕?"

채아가 연아에게 인사를 건넸다.

연아가 고개를 꾸벅 숙였다.

"안녕하세요."

"되게 예쁘게 생겼다. 연예인 해도 되겠어."

연아가 빨간 얼굴로 고개를 저었다.

"아, 아니에요. 선생님이 훨씬 예쁘신데요."

"됐어 됐어. 얼른 타. 데려다 줄게. 이왕 이렇게 된 거 저녁도 같이 먹자."

채아가 정우 눈치를 보고 있는 연아의 손목을 잡아끌었다. 연아는 떠밀려서 조수석에 탔고 정우는 결국 뒷좌석에 올라탔다.

버스가 뒤로 다가올 때 채아의 차가 급히 출발했다.

"같은 동네라고?"

채아가 놀란 얼굴로 물었다.

"네."

조수석에 앉은 연아가 수줍게 머리를 귀 뒤로 넘기며 웃었다.

"어쩜 신기하다."

신호를 받고 멈췄을 때, 채아가 네비게이션에 주소를 찍었다.

"한남동 PA테크노마트 라고 했지? 잠깐만."

파란불로 바뀌고 차가 다시 출발했다.

"우리 저녁 뭐 먹을까. 선생님이 살게. 뭐 먹고 싶은 거 없어?"

창밖을 보던 정우가 연아를 보았다. 정우를 뒤돌아보던 연아는 정우의 눈빛을 받고 깜짝 놀라서 앞으로 다시 고개를 돌렸다.

"응? 뭐 먹고 싶냐니까?"

"얘기해."

정우가 말했다.

"전 아무거나 괜찮아요."

채아가 고개를 끄덕였다.

"좋았어. 고기로 결정했어. 고기 먹자. 근데 강아지도 찾아야 되고 밥 먹으려면 어차피 강아지 집에 데려다 놔야 하니까 집에 기다리는 게 나을 것 같은데. 연아야 어떻게 생각해?"

채아가 물었다.

"그럼 저희 체육관으로 같이 가요."

"체육관? 집으로 가는 거 아니었어?"

"저희 집이 체육관이랑 이어져 있어서……."

"아버님이 운영하시는 거야?"

"아니요 저희 할아버지가 운영하세요."

"아 그랬구나. 몰랐어. 그럼 거기로 가면 되겠다. 마트 앞에 도착하면 어디로 들어가야 하는지 말 좀 해줘."

"네."

"그런데 체육관이면 어떤 운동하는 곳이야?"

"이종 종합격투기에요."

"이종 종합격투기라면……."

"UFC 쪽이에요."

"진짜? 나 뭔지 알아!"

채아가 살짝 흥분해서 말을 이었다.

"반전이다."

"왜요?"

"그렇잖아. 그렇게 거칠고 땀 냄새나는 곳에서 너처럼 예쁘고 여성스러운 애가 있다는 게."

연아가 얼굴을 붉히며 웃었다.

"아니에요. 하나도 안 예뻐요 저."

"정우야."

채아가 불렀다.

"네?"

가방에서 백과사전 책을 꺼내 보고 있던 정우가 고개를 들었다.

"연아 예쁘지?"

"왜, 왜 그러세요."

연아가 당황한 얼굴로 어쩔 줄을 몰라 했다.

"네. 예뻐요. 전에 중국의 미인도를 본 적이 있는데. 많이 닮았다고 생각했었어요."

"그래? 연아 어때? 마음에 들어?"

"서, 선생님."

연아가 깜짝 놀라며 채아를 쳐다보았다.

"뭐 어때 그냥 물어보는 건데."

정우가 손에 들고 있던 백과사전을 덮었다.

"마음에 든다는 게 어떤 의미로 물으시는 겁니까? 인간적으로? 아니면 이성적으로……."

"당연히 이성적으로지 바보야."

"그런 쪽이라면 관심 없습니다."

채아는 침을 꼴깍 삼켰다.

이렇게 진지하게, 분명한 억양으로 거침없이 딱 잘라 말할 거라고는 생각하지도 못했다.

더군다나 연아의 표정을 보니 채아는 재앙을 맞이하는 기분이 들었다.

연아의 어깨가 내려가고 고개가 축 처졌다.

누가 봐도 상처 입은 모습이었다.

"그, 그렇게 대답하면 어떻게 해. 내가 뭐가 돼."

"선생님이 질문을 하……."

"바보야 그리고 만난 지 얼마 되지도 않았잖아. 네가 뭔데 마음에 든다 안 든다고 해. 그리고 연아 같이 예쁜 애는 너보다 훨씬 잘생기고 멋진 애들이 줄을 섰을 거라고."

정우가 고개를 끄덕였다.

"그럴 수도 있겠죠. 하지만 선생님 말대로 제가 어떤 마음이든 연아는 별로 신경쓰지 않을 것……."

"시끄러워."

정우는 조금 난감한 얼굴로 입을 다물었다.

"연아야 미안해. 분위기가 이렇게 될 거라고는 미처 생각 못했어."

"괜찮아요."

연아가 고개를 들고 환한 웃음을 보였다.

"괜찮아요. 저 별로 예쁘지도 않고. 인기도 없어서."

넌 또 왜 그렇게 말하는 거야.

채아는 울상을 지었다.

연아의 웃는 얼굴이 훨씬 더 슬퍼 보였다.

"네가 왜 안 예뻐. 남자들은 말이야. 너무 예쁘고 너무 좋으면 긴장해서 말도 못하고 제대로 다가가지도 못해. 그래서라니까. 정우 쟤도 괜히 연아가 마음에 드니까 부끄러워서 거짓말 하는 거야."

뭐라고 덧붙이기 전에 백미러로 정우를 쳐다보며 협박성이 다분히 담긴 시선을 쏘아 보냈다.

정말이지 불편해서 운전에 집중하기도 힘들 지경이다.

정우는 채아의 눈을 찐하게 보다가 책으로 시선을 떨어
뜨렸다.

왜 저래 정말.

장난도 함부로 못 하겠네.

채아는 아랫입술을 질끈 깨물었다.

사실 뭐라 할 말이 없는 건 이 쪽이다.

지금의 이 상황은 그 누구도 아닌 자신이니까.

채아는 몰래 한숨을 내쉬었다.

제 2 화

체육관

제 2 화
체육관

I

채아의 SUV차량이 체육관 앞에 도착했다.

체육관은 1층이었다.

MMA 체육관 간판이 걸려 있다.

투명한 유리창 너머로 스파링 및 트레이닝용 옥타곤과
운동 장비들이 보였다.

훈련 중인 사람들도 보였는데 평수가 족히 200평은 될
것으로 보였다.

"와……. 연아야 너희 체육관 엄청 좋다. 저기 훈련 중
인 사람들은 프로 선수들인 거야?"

채아가 유리창 안에서 훈련을 하고 있는 선수들을 가리
키며 물었다.

"거기 아닌데……."

"응?"

"이쪽이에요."

연아가 반대편 건물을 가리켰다.

벽에 금이 가 있는 건물 2층에 오래된 체육관 간판이 걸
려 있었다.

"……저기였구나."

죽고 싶다.

채아가 눈을 질끈 감았다.

연아가 채아의 손을 잡았다.

"신경 안 쓰셔도 돼요. 괜찮아요."

"미안."

채아가 풀이 잔뜩 죽은 목소리로 말했다.

"들어가죠."

정우가 먼저 건물 안으로 들어갔다.

엘리베이터가 없어서 계단을 타고 걸어 올라가야 했다.
정우는 빠른 걸음으로 먼저 2층에 올라와 유리문으로 된
출입문을 열고 도장에 들어갔다.

밖에서 본 것처럼 내부도 오래된 체육관이었다.

40평 정도로 보였다.

창가에는 운동복이 걸려 있는 행거와 신발이 보였다.

마룻바닥 끝에 낡은 링이 하나 있었고 샌드백 역시 오래되어 보였다. 벽에는 유명한 선수들의 사진이 복잡하게 붙어 있었다.

링 반대편에는 웨이트 트레이닝을 위한 녹슨 기구들이 어지럽게 엉켜있는 게 보인다. 그리고 그 옆에 사무실이 있었다.

사무실 유리창 너머로 한 노인이 보였다.

아마 그가 연아의 할아버지이자 도장의 주인인 것 같았다.

사무실에서 책을 보고 있던 백발의 노인이 정우를 보고 천천히 몸을 일으켰다. 노인이 사무실에서 나왔을 때 정우가 정중하게 먼저 인사를 건넸다.

"안녕하세요."

정우가 인사할 때 채아와 연아가 뒤따라 들어왔다.

"할아버지!"

연아가 밝은 얼굴로 뛰어갔다.

그녀는 챔프를 찾은 것에 대해 설명하는 것 같았다. 노인이 안도의 한숨을 내쉬며 웃었고 노인은 두 손을 붙잡고 기도를 했다.

신에게 감사의 인사를 전하는 것 같았다.

정우와 채아는 나란히 서서 기다렸다. 잠시 후 연아가

체격 좋은 그 노인을 서로 소개시키기 위해 앞으로 데리고
왔다.

"여기 이 분은 제 학교 선배님이자 저희 챔프를 찾아주
신 이정우 선배님. 그리고 여기 이 아름다운 분은 저희 학
교 서채아 양호 선생님. 양호 선생님은 중간에 만났는데
차로 여기까지 데려다 주셨어요."

"아이고 고마워요."

노인이 인자하게 웃으며 고개를 숙였다.

머리를 숙이자 어깨까지 내려오는 노인의 백발이 아래
로 축 처졌다.

정우와 채아도 서로 급히 머리를 숙였다.

노인이 고개를 들며 백발을 뒤로 쓸어 넘겼다. 얼굴에
주름이 가득하지만 왠지 모를 분위기가 있다. 정숙했고 무
거운 분위기였다.

세월을 이기려는 듯 노인의 몸은 가지런했고 좋은 자세
를 유지했으며 몸에는 군더더기가 없어 보였다.

"옷깃만 스쳐도 인연이라던데 어떻게 이런 깊은 인연을
만났는지. 반가워요."

노인이 손을 내밀었다.

정우는 가볍게 미소를 띠우며 노인과 악수를 했다.

노인은 정우를 위아래로 훑으며 진지한 눈으로 살폈다.

아주 짧은 찰나의 순간이었지만 정우는 노인의 던지는

시선의 의미를 알 것 같았다. 노인은 이내 시선을 거두었다. 정우도 그 부분을 신경 쓰지 않았다.

"듣기로 챔프를 데리고 오는 친구가 있다던데. 그동안 사무실에 들어가서 좀 앉아 계세요. 연아야 가서 차 좀 내와."

"네 할아버지."

연아가 차를 타러 간 사이, 정우와 채아는 노인을 따라 사무실 안으로 들어갔다.

좁은 소파에 정우와 채아 두 명이 앉자 살이 맞닿았다.

"전 여기 앉을 게요."

채아가 소파에서 벌떡 일어나 간이 의자를 당겨 앉았다.

"그래요 편하게 앉아요."

노인이 말했다.

"할아버지도 말씀 편하게 해주세요."

채아가 말했다.

"그래도 초면인데."

"정말 괜찮아요. 그리고 그게 저희도 훨씬 편할 것 같아요."

"음 그럼 그럴까?"

노인이 밝게 웃어 보였다.

채아도 고개를 끄덕이며 웃었다.

노인이 서랍에서 하얀 봉투를 꺼내 정우의 앞에 있는 유리 테이블 위에 올렸다.

"자 이건 얼마 안 되지만 사례금. 가족을 찾아준 것에 대한 대가치고는 얼마 되지 않지만 부디 내 마음으로 받아 줘."

"할아버지."

"응?"

노인이 정우를 보며 되물었다.

"괜찮으시다면 이 사례금 대신 여기서 운동 좀 할 수 있을까요. 한 달 정도."

정우가 창 너머의 체육관 내부를 내다보며 말했다.

노인이 눈웃음을 지었다.

"그렇게 해. 나야 환영이지. 그럼 이 돈으로는 오늘 같이 삼겹살이나 구워 먹자고. 인연이 된 기념으로."

"앗! 제가 오늘 저녁 사기로 했는데 다음으로 미뤄야겠네요."

"다음에 나도 끼워 줄 텐가?"

"물론이죠."

노인이 털털하게 웃었다.

"오늘 저녁은 옥상에서 먹을 생각인데. 괜찮은가?"

"그럼요. 완전 느낌 있는데요? 맛있겠다."

채아가 양 손으로 자신의 뺨을 붙잡고 고개를 흔들었다.

전화벨이 울렸다.

김주호다.

오고 있는 모양이었다.

"잠깐 실례하겠습니다."

정우는 전화를 받고 사무실을 나왔다.

링 쪽으로 걸어가면서 전화를 받았다.

"오고 있어?"

– 도착했어. 어디야?

"기다려 내가 금방 나갈 테니까."

전화를 끊고 체육관을 나왔다.

마트 앞에 도착하자 챔프 때문에 김주호의 위치가 한 눈에 들어왔다.

챔프가 정우를 보고 '컹!' 하고 짖었다.

김주호가 목줄을 놓자 챔프가 달려왔다.

정우가 웃으며 달려온 챔프를 끌어안았다. 챔프를 몇 차례 쓰다듬어준 뒤 목줄을 잡고 일어섰다.

"밥 먹고 가라."

정우가 말했다.

김주호가 고개를 갸웃 거렸다.

"네가 사는 거냐?"

"가보면 알아."

챔프를 데리고 가자 연아가 울음을 터트리며 달려와 챔

프를 끌어안았다.

연아 혼자서 이산가족 상봉과 다름없는 눈물바다를 이루었다.

"쟨 뭘 저렇게 오바해."

김주호가 눈살을 찌푸리며 연아를 쳐다봤다.

"주호 안녕."

김주호가 혼잣말로 투덜거리며 체육관을 훑어 볼 때 채아가 인사를 건넸다. 김주호는 고개를 무성의하게 살짝 끄덕이는 걸로 인사를 받았다.

"야 이정우. 배고픈데 밥은 언제 어디서 먹는 거야."

"옥상에서 삼겹살 먹기로 했다."

"추운데 무슨 옥상에서 밥을 먹는다고."

"먹기 싫으면 그냥 가고."

"개 맡아주고 직접 데리고까지 온 사람한테 그게 할 말이냐."

김주호가 체육관을 둘러보며 곧장 말을 이었다.

"근데 여기 뭐하는 곳이야. 귀신 나올 것 같은데? 폐가 아니야 폐가?"

김주호의 말에 정우, 채아, 연아, 체육관의 주인인 노인 모두가 김주호를 쳐다봤다. 김주호는 그들의 시선을 받고 움찔 놀랐다.

"왜?"

"여긴 저희 할아버지 MMA 체육관이에요. 원래는 복싱 체육관이었는데……."

"체육관은 무슨 그냥 창고 같구만."

김주호가 낄낄 웃으면서 체육관을 돌아보다가 다시 세 명의 시선을 받고 목을 긁으며 입맛을 다셨다.

"아니 뭐 그렇잖아. 시설도 그렇고."

김주호가 눈치를 보며 어물쩍 말했다.

노인이 인자하게 웃으며 김주호에게 다가갔다.

"낡은 체육관이긴 하지만 트레이닝만큼은 확실히 하고 있다네."

"아 네."

김주호가 살짝 눈치를 보면서 건성으로 대답했다.

"운동 좋아하나?"

"조금요."

"저기 정우군은 앞으로 우리 체육관에 다니기로 했는데, 자네도 같이 다는 게 어때? 신세 진 것도 있고 무료로 가족처럼 가르쳐줄테니."

"쟤가 여기 다닌다구요?"

김주호가 정우를 가리키며 되물었다.

노인이 고개를 끄덕였다.

"챔프를 찾아준 보답으로."

"근데 여기 운영을 하긴 하는 거에요? 누가 가르쳐요?"

"내가 가르치지."

김주호가 불신이 가득한 눈길로 노인을 쳐다봤다.

"왜? 믿음이 안 가나?"

김주호가 지친 얼굴로 고개를 가로 저었다.

"아니요 됐어요. 전 별로 생각이……."

노인이 오픈핑거 글러브를 끼고 링 안으로 들어갔다.

"테스트나 한 번 해보지. 내가 관장이자 코치로써 자격이 있는지 없는지."

노인이 인자하게 웃으며 말했다.

김주호가 코웃음을 쳤다.

"됐어요."

"간단한 테스트니까 가볍게 한 번 해봐. 자네의 운동 신경이 어느 정도 수준인지도 알 수 있고. 이번 일을 계기로 이종격투기에 관심을 가지게 될지도 모르는 일이니까."

김주호는 눈썹을 긁으며 한숨을 쉬었다.

"위험할 텐데……."

연아의 말에 김주호가 헛웃음을 흘렸다.

"저거 봐요. 손녀딸 걱정합니다. 네? 할아버지 관절도 안 좋으실 텐데 그만 내려오세요."

노인이 푸근하게 웃었다.

"내가 아니라 자넬 걱정하는 걸세. 연아야 이 할애비 이제 욕심 버렸다. 취미로 운동하는 아이들이나 가르치면서 남은 노후를 보낼 생각이야. 여건도 여건이고."

김주호가 연아의 표정을 확인하고 얼굴을 찡그렸다.

"나 참."

김주호가 어이없다는 듯 웃으며 링 안으로 들어갔다.

연아가 헤드기어와 각종 보호구를 챙겨서 김주호에게
내밀었다.

"장난 하냐? 이딴 거 필요 없어."

"다칠 수도 있는데……."

"됐다니까. 너나 저리 떨어져."

김주호가 링에 걸려있는 글러브를 끼면서 말했다.

"코트 벗어. 악세사리도 빼고."

노인의 눈빛이 꽤 진지해서 김주호는 군말 없이 코트와
액세서리를 뺐다. 김주호의 시계와 금색 별 목걸이를 연아
가 받아서 챙겼다.

김주호가 무성의하게 가드를 올렸다.

"에휴, 뭘 어떻게 하면 됩니까?"

"공격해봐. 자유롭게."

김주호가 다시 짧게 한숨 쉬었다.

대충 걸어가 살짝 주먹을 휘둘렀다. 노인이 김주호의 주
먹을 피하면서 코앞으로 주먹을 가져다 댔다. 노인은 주먹
을 치우면서 뒤로 물러났다.

"몸이 늙긴 했어도 한 때는 프로였어. 걱정 말고 제대로

해봐."

"다쳐요 할아버지."

"프로와 아마추어의 벽은 자네가 생각하는 것 보다 훨씬 높다네. 그리고 주먹을 던지는 중심만 봐도 아마 자네가 나를 맞추긴 어려울 거야."

"이 할아버지도 누구처럼 영화 많이 보셨네."

"그렇게도 걱정이 된다면……."

노인의 눈이 낮게 가라앉았다.

김주호는 저도 모르게 내렸던 가드를 살짝 올렸다.

노인이 무서운 속도로 김주호에게 뛰어 들었다.

순식간에 김주호의 두 다리를 잡고 몸을 밀어 바닥으로 넘어트렸다.

노인이 김주호의 가슴 위로 올라타 포지션을 잡았다.

김주호가 이를 악물며 몸을 버둥거렸지만 좀처럼 몸을 뒤집지 못했다.

"러쉬에 이은 테이크 다운. 그리고 이렇게 올라타는 걸 마운트라고 하지. 그리고."

노인이 주먹을 들어 김주호의 얼굴을 향해 내리 꽂았다.

주먹이 3연속으로 김주호의 눈앞에서 멈췄다.

"이게 파운딩."

노인이라고는 믿을 수 없을 만큼 빠른 속도다.

김주호가 멍한 얼굴로 있는 사이 노인이 일어나면서 비

웃음을 던졌다.

"더 이상 관심 없다면 여기까지 하도록 하지. 의지가 없다면 이쪽에서도 별로 흥이 안 나니까."

노인이 글러브를 벗으려 할 때, 김주호가 오픈 핑거 글러브를 벗고 복싱 글러브를 손에 꼈다.

"진짜 다쳐도 모릅니다. 복싱 글러브 정도면 크게 다치진 않겠죠?"

노인이 가소롭다는 듯이 웃었다.

"후회하지 마쇼."

김주호가 왼 쪽 발을 내딛으면서 주먹을 꽤 과감하게 내던졌다. 노인은 허리를 살짝 비틀면서 김주호의 스트레이트 펀치를 가볍게 피해냈다.

"철도 씹어 먹을 나이에 이리 굼떠서야 원."

김주호가 이를 악물며 진심으로 덤벼들었다.

온힘을 다해 주먹을 휘둘렀다. 노인은 눈 하나 깜짝 하지 않고 주먹을 피해냈다.

"그렇게 예고하고 날리는 주먹이 맞을 리가 없잖은가? 더군다나 그렇게 스윙 폼이 크면 동네 양아치도 못 잡을 걸세."

노인이 껄껄 거리며 웃었다.

"아오 진짜!"

김주호가 어금니를 꽉 물며 주먹을 던졌다.

주먹이 노인의 귀를 스쳐 지나갔다.

계속해서 주먹을 휘둘렀지만 김주호의 주먹은 노인의 머리카락 한 올 스치지 못했다.

급하게 주먹을 휘두른 탓에 금방 체력이 동이 난 김주호가 얼굴에서 땀을 뻘뻘 흘리며 가쁜 숨을 몰아쉬었다.

"더 했다간 쓰러질 것 같은데. 이제 그만……."

김주호가 악에 받친 얼굴로 노인의 머리를 향해 발차기를 날렸다.

머리를 뒤로 살짝 빼면서 김주호의 공격을 피한 뒤, 자세가 흐트러져 있는 김주호에게 노인이 상체와 하체를 살짝 내리며 주먹을 찔러 넣었다.

옆구리에 무게가 시린 주먹을 맞은 김주호가 입을 쩍 벌렸다.

"어억."

김주호가 옆구리를 붙잡고 하얀 얼굴로 바닥에 엎어졌다.

"할아버지!"

연아가 소리를 빽 지르며 링 위로 올라가 김주호를 살폈다. 옆구리를 붙잡고 꿈틀 거리던 김주호가 연아의 손길을 신경질적으로 뿌리쳤다.

노인은 무릎을 꿇고 웅크려 있는 김주호를 내려다보며 혀를 빼꼼 내밀었다.

"내 체육관을 우습게 본 벌일세."

노인이 장난스럽게 웃으며 글러브를 벗었다.

◇◇◇

"할아버지 대단하더라. 연세도 있으신데 주호를 한 방에 보내버리고. 놀랐어 정말."

채아가 야채를 고르면서 말했다.

연아가 어색하게 웃었다.

"현역 프로 선수가 아니고서는 할아버지를 당해내긴 어려울 거예요."

"와아. 그 정도야?"

"네. 젊으셨을 땐, 멧돼지도 맨손으로 때려 잡으셨으니까요. 최배달처럼 황소도 때려잡고 싶다고 하셨는데. 황소를 구할 수가 없어서……."

채아가 딱딱해진 얼굴로 애써 웃었다.

"대단하시구나 정말."

"선생님은 정우 선배님이랑 친하신가봐요?"

"음 글쎄. 친하다고 해야 하나. 친해지고 있는 중이 맞는 표현이겠다."

채아가 야채를 바구니에 넣으면서 미소 지었다.

"근데 정우 선배님이랑 김주호 선배님은 서로 사이 안

좋지 않아요? 소문을 들어서."

"가능하면 내가 친하게 지내랬거든. 어쩌면 잘 맞을지도 모른다고. 사실 별 기대없이 한 말이었는데 나도 저렇게 친구가 될지는 몰랐지."

"그랬구나."

"연아야. 체육관, 여자들은 잘 안 다니지?"

"저희 체육관은 좀 그럴지 몰라도 요즘 여자분들도 체육관을 많이 찾는 걸로 알고 있어요. 다이어트나 호신술을 위해서. 아 호신술을 배우려는 사람들은 대체로 일찍 그만두는 편이긴 하지만요."

"나도 한 번 다녀볼까?"

"선생님도요?"

"응. 요즘 세상이 워낙 무섭기도 하고. 연아 말대로 일찍 그만두게 될지도 모르지만. 그렇지 않아도 요즘 호신술을 배우는 게 좋지 않을까 하고 생각했었으니까. 그리고 아는 사람들도 있으니까 덜 어색하기도 할 거고."

"저희야 언제든 환영이죠. 하지만 사실 시설도 안 좋고 할아버지 성격도 좀."

"성격 좋으신 거 같던데?"

"실은 지금 체육관이 위기에요."

"왜?"

"선수가 아닌 일반 사람들에게도 너무 고강도의 훈련을

시키셔서. 모두 버티지 못하고 나가버리는 탓에 체육관 운
영이 어려울 정도거든요."

"그래도 이제부터는 욕심을 버리겠다고 하셨지 않아?"

"그렇긴 한데……."

"금방 사람들도 차고 좋아질 거야."

"그럼 좋을 텐데."

연아가 힘없이 웃었다.

"잘 될 거야. 걱정 마."

채아가 미소와 함께 연아의 어깨를 토닥였다.

"근데 진짜 재밌을 거 같아요. 정우 선배님도 들어오고
선생님도 들어오고. 회원이 많이 줄어서 사실 허전했거든
요."

"정우가 들어와서 좋은 게 아니고?"

채아가 연아의 옆구리를 푹 찔렀다.

연아의 얼굴이 새빨갛게 달아올랐다.

"아, 아니에요 그런 거."

"내가 볼 땐 관심 있는 것 같은데? 잘 어울리기도 하고."

"좋아하는 것 까지는 아니지만. 사실 멋지다고 생각하
고 있어요. 공부도 잘하고, 운동도 잘하고. 정의롭다고도
들었고. 워낙 대단하시니까."

"그게 좋아하는 거 아냐?"

"아, 아닐 걸요."

"지금은 학생이라 그렇지 화장도 하고 옷도 예쁘게 차려 입고 힐도 신고 머리도 하면 우리 연아 정말 눈부시겠다."

"과찬이세요. 제가 무슨."

"연아는 자신감을 가질 필요가 있어. 선생님이 그냥 하는 말이 아니거든. 조금만 꾸며도 남자들이 아마 잠도 못 자고 연아를 생각할 걸?"

"에이."

연아가 수줍게 웃으며 고개를 저었다.

계산을 치르고 마트를 나와 걸었다.

채아가 밤공기를 한껏 마시며 맑은 얼굴을 했다.

"좋다. 이렇게 좋은 사람들이랑 저녁을 보내는 거."

"선생님이 저보고 예쁘다고 하셨지만 선생님은 저랑은 비교도 안 되게 아름다우신 거 같아요."

"누가 들으면 욕해. 그리고 나야 화장발이지 뭐. 나이도 많이 들어서 언제 망가질지 모르는 위태위태한 상태라고."

"선생님도 자신감을 가지세요. 전 연예인보다 훨씬 예쁜 것 같은데."

"실은 나도 그렇게 생각해."

"그렇죠?"

진지하게 대답하는 연아를 보며 채아가 깔깔 거리며 웃었다.

"농담이야. 도착했다. 얼른 올라가자."

채아와 연아가 서로 웃음을 나누며 건물에 들어갔다.

비치되어 있던 야외용 스탠드 조명이 어둠을 밝혔고 멀리 보이는 야경이 운치 좋은 분위기를 만들었다.

원목으로 만든 마룻바닥 위에 원목 테이블과 의자가 있었는데 카페라고 해도 무방할 만큼 심플하면서도 깔끔한 인테리어였다.

테이블 위에 버너와 불판을 올리고 안전한 위치에 전기난로를 두었다.

건물 옥상에 있는 옥탑방은 노인과 연아가 사는 곳 같았다. 옥탑방임에도 불구하고 잘 꾸며놓은 인테리어가 창문 너머로 보였다.

"너무 예쁘다."

채아가 옥상을 보고 꺄악 소리를 내며 달려왔다.

"사진 찍어도 되지?"

뒤따라 들어온 연아가 고개를 끄덕였다.

채아는 어린아이같은 얼굴로 휴대폰을 꺼내 옥상 곳곳에 사진을 찍었다.

"연아야 이리 와. 같이 셀카 찍자."

"저 이상하게 나올 텐데."

"예뻐 예뻐. 얼른 와."

찰칵!

사진을 찍으며 좋아하는 여자들을 보며 김주호가 콧방귀를 꼈다.

"야 김주호. 너 왜 웃어."

채아가 눈을 뾰족하게 뜨자 김주호가 미간을 찌푸렸다.

"네?"

"아, 아니면 됐어. 아 고기 맛있겠다."

채아가 고개를 돌리며 말을 돌렸다.

김주호는 옥상 난간 앞에 기대 야경을 보고 있는 정우에게 다가갔다.

"너도 테스트 했냐?"

정우가 김주호를 돌아보며 고개를 저었다.

"아니."

김주호가 눈을 퉁명스럽게 떴다.

"넌 왜 안 해?"

"난 내가 먼저 하고 싶다고 했으니까."

"사람 끌어들이는 방법도 가지가지네. 테스트? 그게 말이냐 방구냐? 주인 잃은 개 데리고 있어준 사람한테 테스트랍시고 링 위로 올려서 핵펀치나 날리고."

김주호가 아직도 통증이 남았는지 옆구리를 문질렀다.

정우가 웃었다.

"넌 이게 웃기냐? 아 망할 영감탱이. 뭔 주먹이 그렇게 센지. 너도 한 대 맞아봐라. 별이 다 보이더라. 장난 아니라니까."

"그러게 왜 까불어."

"까불긴 내가 뭘 까불어?"

"변하고 싶다며, 그럼 말투부터 바꿔. 예의도 지키고."

"네가 뭔가 착각하고 있는데 나 지금도 이미 엄청나게 변했거든? 사람이 갑자기 변하면 죽는다던데 난 지금 당장 죽어도 할 말이 없을 정도라고."

"어련하실까. 그만 찡얼거리고 밥 먹자."

"근데 이 영감탱이 아직 안 온 거 아냐?"

"여기 있다, 이놈아."

노인이 김주호 뒤에서 말했다.

뒤를 돌아본 김주호가 화들짝 놀라며 물러났다.

"깜짝이야!"

"어른한테 영감탱이가 뭐야 영감탱이가."

노인이 김주호의 뺨을 꼬집어 잡아 당겼다.

"아악! 놔요 좀!"

"요놈이 아직도."

노인이 더 세게 뺨을 잡아 당겼다.

"알았어요. 알았다고. 안 할 테니까 좀 놔요."

"얼른 가서 앉아. 밥 먹고 싶으면."

"개 하나 돌려주러왔다가 봉변을 있는 대로 당하네."

김주호가 툴툴 거리며 부어오른 뺨을 문질렀다.

노인이 껄껄 거리며 웃었다.

"좋아서 그러는 거야."

"놀구 있네."

김주호가 작게 중얼 거렸다.

"뭐라고?"

노인이 눈을 치켜뜨자 김주호가 고개를 저었다.

"아니 얘네들요. 초딩도 아니고 야외에서 먹는다고 좋아하니까."

변명을 대는 김주호를 보며 노인이 귀엽다는 듯 머리를 쓰다듬었다.

"아 머리는 왜 만져요. 망가지게 시리."

김주호가 신경질적으로 머리를 털어냈다.

"그만 앉아 이 녀석아."

4명 모두 자리에 앉았다.

"모두 반가워요. 챔프가 집을 나갔을 때만 해도 마음이 참 복잡했었는데. 하루 사이에 이렇게 좋은 사람들을 만나게 되고. 이게 다 하늘의 뜻이라고 생각합니다. 앞으로도 자주자주 놀러와요."

"저기 할아버지."

채아가 손을 살짝 들었다.

"왜?"

"저도 이 체육관 다니려고요."

"오 정말?"

"네. 호신술도 배우고 다이어트도 하고. 일석이조일 것 같아서요."

"좋다. 그럼 이렇게 인연이 된 기념으로. 여기 있는 세 명 모두 6개월 무료!"

"전 안 할 건데요."

김주호가 퉁명스럽게 말했다.

"그럼 그러던가."

노인은 관심을 끊고 채아에게 과장된 미소를 보냈다.

김주호는 못마땅하다는 얼굴로 입술을 뒤집으며 버너 불을 켰다.

"야 너 이름 뭐야?"

김주호가 불이 올라오는지 확인하면서 물었다.

연아가 눈을 크게 뜨며 검지로 자신을 가리켰다.

"저요?"

"그래."

"아!"

연아가 긴장한 얼굴로 벌떡 일어나 인사를 했다.

"안녕하세요. 소개가 늦었습니다. 대령고교 신입생 1학년 신연아라고 합니다."

"뭘 그렇게 긴장해?"

김주호가 작게 코웃음 치며 말했다.

"누구랑 달리 우리 연아는 예의가 바르니까."

노인이 손녀를 사랑스럽게 쳐다보며 말했다.

"그게 아니라 그냥 겁먹은 거 같은데요."

김주호가 뱁새눈으로 노인을 보며 말했다.

"아닌데. 긴장해서 그래요. 기분 나쁘셨으면 죄송합니다."

연아가 머리를 꾸벅 숙였다.

"뭘 또 죄송씩이나. 너 내가 개 맡아줘서 고맙지?"

연아가 눈치를 보며 고개를 살짝 끄덕였다.

"네."

"그럼 가서 상추랑 깻잎 좀 씻어와."

"아, 네! 알겠습니다."

정우가 일어나 연아의 손목을 잡았다.

"앉아 있어 내가 갔다 올게."

"아니에요. 제가……."

"괜찮아. 앉아 있어."

정우가 상냥하게 말했다.

"아주 기사도가 넘쳐흐르시는구만. 내가 악당이지 내가 악당이야."

김주호가 피식 거리며 말했다.

"이 놈의 주둥이."

노인이 검지와 엄지로 김주호의 입술을 잡았다.

"우욱!"

김주호가 고통스러운 얼굴로 노인의 팔을 세 번 치며 탭을 했다.

채아가 그 모습을 보고 깔깔 거리며 웃었다.

입술이 붙잡힌 김주호가 노려보자 채아는 아랫배에 힘을 주며 웃음을 참았다.

노인이 손을 놓자 김주호가 고개를 푹 숙였다.

"휴우…… 저 영감님. 저요. 영감님 개 챔프 맡아주고 있었던 사람입니다. 그런 저를 이렇게 폭력적으로……."

"그러게 사내자식이 뭔 생색을 그리 내. 입 다물고 고기나 구어 먹어."

"아주 올해 마가 꼈구나 마가 꼈어. 이정우부터 노인네까지. 스펙터클 하다 진짜."

노인이 손을 들자 김주호가 팔로 얼굴을 막으며 고개를 끄덕였다.

"알았어요 알았어. 고기 먹읍시다 고기."

채아가 삼겹살을 달구어진 불판 위에 올리자 지지직 하는 먹음직스런 소리가 났다.

"이리 줘요 제가 구울게요."

김주호가 일어서서 채아가 들고 있던 집게를 뺐었다.

"너 고기 잘 구어?"

채아가 물었다.

"무슨 고기 굽는 데 자격증 필요해요? 그냥 구우면 되는 거지."

채아가 입을 가리며 깔깔 웃었다.

"너 진짜 재밌다."

"재밌는 것도 많네."

연아도 옆에서 입을 가리며 작게 웃었다.

"얼씨구."

김주호가 고개를 가로 저었다.

불판에 기름이 빠지는 쪽에 김치를 올렸다. 삼겹살 기름이 김치에 배이면서 먹기 좋은 냄새를 풍겼다.

"오 고기 좀 먹어봤는데."

채아가 김치를 뚫어져라 보며 말했다.

김주호가 채아를 보며 어이없다는 듯 웃었다.

"의외네. 주호는 이런 거 안 할 줄 알았는데."

"뭐를요?"

"이렇게 고기 구워주는 거."

"딱히 누굴 위해서가 아니라. 답답해서 그럽니다. 누가 구워주는 거 앉아서 가만히 집어 먹는 거도 별로 안 내키고."

"그것도 배려지."

"알았으니까 그만 해요 듣기 힘드니까."

"알았네요."

정우가 돌아와 자리에 앉았다.

노릇하게 익은 고기를 먹으며 서로 왁자지껄 떠들었다.

겨울이었지만, 추위를 느낄 수도 없을만큼 즐거운 대화를 나누었다.

"넌 뱃속에 거지가 들었냐. 좀 익혀서 먹어!"

노인의 외침에 김주호가 인상을 팍 썼다.

"이놈이 어디서 그런 표정을."

노인이 손을 뻗자 김주호가 집게를 던지고 달아났다.

"아 진짜 영감. 나한테 감정 있어요? 왜 자꾸 고통을 주려고 그래. 그리고 먹는 거 가지고 이러깁니까 진짜!"

"배탈날까봐 그런다 녀석아."

"얼굴 벌건 거 보니까 소주 몇 잔 먹고 취했구만 무슨."

"내 오늘 네 말버릇을 단단히 고쳐주마."

노인이 팔을 걷어 부치고 달려들었다.

목에 헤드락을 걸자 김주호가 비명을 내질렀다.

"아아악!"

어두운 밤하늘 아래.

옥상 위에서 유쾌한 웃음소리가 끊임없이 울려 퍼졌다.

Ⅱ

정우는 오픈 핑거 글러브를 꼈다.

몸을 움직이고 싶다는 생각이 떠나질 않아 수업을 마치자마자 도장으로 왔다.

가방을 풀어놓고 미리 챙겨둔 체육복을 갈아입은 뒤, 런닝을 가볍게 하고 줄넘기를 했다.

몸풀기는 끝났다.

오픈 핑거 글러브가 손을 꽉 쬐는 느낌이 좋았다.

정우는 입가에 미소를 살짝 띠우며 샌드백 앞에 섰다.

원, 투, 쓰리.

펀치를 내질렀다.

두꺼운 소리를 내며 샌드백이 흔들렸다.

다시 치기 위해 자세를 잡을 때 출입문이 열렸다.

정우가 고개를 돌렸다.

"일찍 왔네?"

도장의 주인이자 관장인 신 노인이 구석에 빗자루와 쓰레받기를 두며 다가왔다.

"안녕하세요."

"계속 해봐."

노인이 턱짓으로 샌드백을 가리켰다.

정우가 고개를 끄덕이며 샌드백으로 시선을 돌렸다.

정신을 집중하고 몸을 움직였다.

3연속으로 샌드백을 치고 노인을 돌아보았다.

노인은 웃고 있었다.

"운동을 배운 적은?"

정우가 고개를 저었다.

"없습니다."

노인의 눈에 작은 이채가 스쳐 지나갔다.

"자세가 좋아. 무게 중심도 잘 잡는 것 같고. 다만 숨을 좀 더 내뱉어. 몸에 공기가 차 있으면 타격감이 떨어진다."

"네."

"다시."

정우가 다시 샌드백을 보면서 가드를 올렸다.

"이종 격투기의 기본은 3연속 펀치에 이은 킥이야. 해봐."

정우는 배운 대로 기존보다 호흡을 좀 더 내뱉으며 주먹을 날렸다. 정우의 주먹이 샌드백을 무겁게 쳤다. 3연속 펀치에 이어 한쪽 발을 축으로 다리를 들어 몸 측면으로 원을 그리면서 킥을 날렸다.

쿠웅!

묵직한 소리가 나면서 샌드백이 크게 휘청 거렸다.

정우가 미소를 띠우며 노인을 돌아 봤다.

노인은 놀란 얼굴로 앞뒤로 흔들리는 샌드백을 쳐다보고 있었다.

"이, 일단 그렇게 가르쳐준 대로 연습해. 적당히 몸에 익었다 싶으면 다른 기술도 하나씩 알려줄 테니까."

"네. 감사합니다."

노인이 사무실로 들어간 뒤, 정우는 지루함을 느낄 새도 없이 3연속 펀치에 이은 미들킥을 반복 훈련 했다. 샌드백을 두드리자 머릿속이 맑아지고 가슴이 뻥 뚫리는 기분이 들었다.

어느새 등이 땀으로 축축하게 젖었다.

30분 정도를 훈련을 하고 수건으로 땀을 닦으며 의자에 앉았을 때 연아와 채아가 체육관에 들어왔다.

"안녕하세요 선배님."

연아가 인사를 해왔고.

"뭐야 언제 왔어?"

채아가 음료수가 들어있는 봉지를 내려놓으면서 물었다.

"좀 됐어요. 한 시간 정도?"

"첫 날부터 너무 무리하는 거 아냐?"

채아의 말에 정우가 웃으며 턱 끝에 흐르는 땀을 닦아냈다.

글러브를 벗자 땀이 베인 손이 바람에 식으며 가볍게 느껴졌다.

"관장님은?"

"사무실에요."

"인사하고 옷 갈아입어야겠다."

채아가 사무실에 들어갔다.

"마실 것 좀 드릴까요?"

연아가 물었다.

"아니야. 내가 가져다…."

연아가 작은 냉장고로 달려가 이온 음료 하나를 꺼내왔다.

"고마워."

캔을 따고 음료수를 마시자 타들어가던 갈증이 해소되었다.

정우는 불편해 보이는 자세로 서 있는 연아를 보고 의아하게 쳐다봤다.

"왜 그러고 서 있어?"

"네? 아, 아니요 그냥."

"너도 운동해?"

연아가 고개를 저었다.

"전 잘 안 해요."

정우가 고개를 끄덕이곤 음료수를 마셨다.

"짜잔!"

언제 갈아입었는지 채아가 운동복으로 갈아입고 나타났다.

목이 드러나도록 머리를 묶어 올리고 몸에 타이트하게

붙는 하얀 티에 면으로 된 핫팬츠를 입었다.

자극적인 패션으로 나타난 채아가 장난스러운 표정으로 정우에게 다가왔다.

"섹시하지?"

채아가 허리를 숙이며 정우에게 고개를 내밀었다.

채아가 미소를 지었다.

가지런하고 하얀 치아가 보인다.

눈 안에 가득 들어있는 장난기.

왜 이러는 걸까.

정우가 왼 손을 천천히 내밀어 채아의 목덜미로 향했다.

채아의 커지는 눈이 보였다.

그녀의 얼굴 앞으로 천천히 얼굴을 가져갔다.

채아의 얼굴에 당황스러움이 번졌다.

얼굴이 맞닿을 것만 같은 가까운 거리.

그녀의 목에 붙어있는 머리카락 한 올을 떼어냈다.

정우가 머리카락을 들어 보였다.

"제가 눈이 좀 좋아서요."

채아가 침을 꿀꺽 삼켰다.

정우의 깊은 눈빛이 그녀의 눈 속으로 들어갔다가 나왔다.

"그럼 열심히 해요."

응원을 보내고 탈의실에 들어왔다.

정우는 쓰레기통에 머리카락을 버렸다.

캐비넷을 열었다.

샤워실이 없기 때문에 운동복 차림 그대로 돌아가야 할 것 같았다.

옷과 가방을 챙기고 탈의실을 나왔다.

거울에 비치는 채아의 눈과 마주쳤다.

그녀의 얼굴이 어색하게 굳어졌다.

머리카락 떼어준 게 기분이 나빴나?

"먼저 들어갈게요."

"일, 일찍 가네?"

"조금씩 시간을 늘릴까 해서요."

"하긴 갑자기 무리하면 안 좋겠지. 나도 오늘은 몸만 풀고 일찍 들어가야겠어."

"그게 나을 거예요."

말투를 보니 기분이 상한 것 같지는 않다.

정우는 사무실에 들어가 관장님께 인사를 하고 나왔다.

"안녕히 가세요."

연아가 언제나처럼 깍듯하게 인사했다.

"그래. 내일 보자."

"네. 저 그런데 김주호 선배님은 안 오시는 거예요?"

"아마 그렇지 않을까? 안 온다고 했으니까."

"그렇구나."

"왜, 아쉬워?"

"그런 거 아니에요. 그냥 궁금해서."

이쪽에서 조금 무안할 정도로 연아의 목소리가 진지하게 커졌다.

정우는 웃으며 고개를 끄덕였다.

"그럼 갈게. 들어갑니다 선생님."

채아가 손을 흔들었다.

정우는 인사를 나누고 계단을 내려왔다.

건물을 나오자 반대편에 신축으로 보이는 좋은 인테리어의 체육관이 보였다.

체육관 입구 앞에 두 명의 남자가 이온음료를 마시며 서 있었다.

땀을 식히고 있는 것처럼 보였다.

그들은 대화를 하던 중 정우를 보고 비웃음을 던졌다.

정우를 훑고 지나간 시선이 2층 체육관으로 향하고 있었다.

정우는 발을 멈췄다.

"저런 체육관도 다니는 사람이 있긴 하네."

"저기 싸긴 하겠다. 한 달에 한 2만 원 하려나?"

"만 원 아닐까?"

"야 만 원은 좀 심했다."

"저기 관장이 노인네 하나뿐이라던데. 어떻게 안 망하

고 지금까지 저렇게 버티고 있을까. 건물주는 아니겠지?"

"내가 봤는데 뭐 거의 넝마같은 거 입고 다니던데? 노숙자 같더만."

두 남자가 서로를 때리며 웃었다.

정우가 두 명의 남자 앞으로 걸어갔다.

"그만 하십시오."

"네? 뭐가요?"

스포츠 머리의 남자가 웃음을 거두며 시치미를 뗐다.

"다 들립니다."

남자가 친구를 보며 웃었다.

"저기 궁금한 게 있는데. 저기 저 체육관은 얼마 받아요?"

"이 쪽에서도 하나 물읍시다. 당신이 다니고 있는 체육관은 예의가 있든 없든 개나 소나 다 받아주는 곳입니까?"

"뭐라고?"

남자가 한쪽 입꼬리를 올리며 눈을 치켜떴다.

"요거 조막만한 게 말하는 거 봐라."

정우가 남자 앞으로 다가가 눈앞에 얼굴을 가져다 댔다.

정우가 미간을 찡그리며 내려다보았다.

남자가 치솟는 화를 억누르려는 듯 고개를 숙이며 숨을 크게 들이켰다.

목에 벌겋게 핏기가 올라왔다.

"이걸 여기서 팰 수도 없고. 야 어린 터프가이. 남자가 강한 척을 하고 싶으면 그만큼 자신이 있어야 하는 거야. 너 나랑 스파링 할래? 핑계 댈 거면 그냥 입 닥치고 꺼지고."

"안내해."

정우가 남자의 눈에서 시선을 떼지 않으며 말했다.

남자가 눈에 살기가 피어올랐다.

"스파링이라고 안 봐준다 꼬마야?"

"원래 그렇게 말이 많나?"

남자가 상기된 얼굴로 코를 벌름 거렸다.

"따라와."

정우는 남자를 따라 체육관을 따라 들어갔다.

남자가 중년 정도로 보이는 코치에게 스파링 얘기를 꺼내자 코치가 정우를 쳐다보았다. 몇 마디 대화를 더 주고받은 뒤 코치가 정우에게 걸어왔다.

"스파링을 하고 싶다고?"

"네."

"저 녀석 말로는 바로 앞 체육관에 다닌다던데. 맞아?"

"네."

"경력은?"

"얼마 안 됩니다."

관장의 얼굴에서 짜증이 묻어 나왔다.

"경력도 없으면서 무슨 스파링이야. 그냥 돌아가."

정우가 체육관을 돌아보았다.

"넓네요. 시설도 좋고."

"여기를 몰라? 너도 참 운동한다는 애가 무슨. 여기 꽤 유명한 체육관이야. 방송에도 나오고. 건물을 옮기면서 다 새로 들였지."

"가능하다면 기회를 주지 않으시겠습니까? 이렇게 전통 있는 곳에서 배운 분과 실전 경험을 하면 앞으로의 운동에 좋은 목표가 생길 것 같아서요. 한 수 배우고 싶습니다."

코치가 한숨을 쉬며 정우를 한동안 쳐다보다가 고개를 돌리며 손을 휘저었다.

"쯧! 1라운드만 하고 돌려보내. 경력 얼마 없다니까 힘 조절 하고."

남자의 얼굴에 능글맞은 웃음꽃이 활짝 피었다.

"예예 그럼요 살살해야죠. 꼬마야? 보호구 착용하고 올라와."

스태프가 글러브와 보호구를 가져왔다.

정우는 글러브를 낀 뒤 보호구는 두고 케이지 안으로 들어갔다.

처음 들어와 보는 케이지다.

보기와 달리 체감으로는 생각보다 상당히 넓었다.

남자가 만면에 웃음기를 띄운 얼굴로 들어왔다.

"야 인마. 왜 보호구를 안 껴. 다쳐서 엄마 찾아오게 만들려고 그러니?"

정우는 조용히 스트레칭을 했다.

남자가 케이지 벽에 기대 지루한 표정을 지었다.

"준비운동 끝나면 얘기하렴. 꼬. 마. 야."

여유만만이군.

정우는 숨을 고르고 가드를 올렸다.

스파링 게임이 시작됐다.

남자는 느긋하게 가드를 올렸다.

여유가 있긴 하지만 자세는 확실히 안정 되어 있다.

체계적인 훈련을 받은 자세처럼 보였다.

남자가 거리를 좁히며 다가왔다.

그의 시선이 아래로 향한다.

허리를 비틀고 다리를 올렸다.

하단?

방어를 위해 다리를 들려다 황급히 고개를 아래로 숙였다.

속임수.

발등이 앞머리를 아슬아슬하게 스쳐 지나갔다.

하마터면 꽤 위험한 공격을 허용할 뻔 했다.

처음으로 만나는 테크닉이다.

정우는 좀 더 집중도를 올렸다.

80

뒤로 발을 빼면서 거리를 벌이려 할 때, 상대가 안 쪽으로 과감하게 파고 들어왔다.

반쯤 뻗은 잽을 회수하고 라이트 펀치를 길게 뻗어 왔다.

주먹을 피하면서 상체를 안 쪽으로 파고듦과 동시에 주먹을 날렸다.

라이트 펀치가 정확하게 상대의 턱을 가격했다.

목이 안 쪽으로 꺾이면서 상대의 동공이 반쯤 풀렸다.

놈이 쓰러지기 전에 주먹을 날렸다.

레프트 훅으로 왼 쪽 턱을 때리자 목이 돌아가면서 그는 완전히 중심을 잃었다.

무릎을 꿇고 쓰러지려는 남자의 얼굴을 정강이로 걷어 찼다.

탄환이 이마를 뚫는 것처럼 남자의 머리가 뒤로 튕겨져 나갔다.

바닥에 쓰러진 남자의 몸 위로 올라타 파운딩 펀치를 날리려는 때, 뒤에서 스태프가 달려와 몸을 잡아 끌었다.

"끝났어! 끝났다고!"

끝났다는 건 첫 번째 주먹이 들어갔을 때부터 알았다.

정우는 스태프에게 이끌려 뒤로 물러났다.

"괜찮아?!"

스태프가 얼굴을 잡아 동공을 확인하며 물었다.

바닥에 뻗어 있는 남자는 대꾸도 하지 못하고 천장을 보면서 흐리멍덩한 눈을 끔뻑 거렸다.

정우는 글러브를 벗으면서 케이지 밖에서 미동도 없이 서 있는 코치를 보았다.

꽤나 놀란 얼굴이었다.

정우는 케이지를 나왔다.

"경험이 없다는 말. 거짓말이지?"

코치가 화난 얼굴로 물었다.

"사실입니다."

코치가 못 믿겠다는 눈으로 정우를 뚫어져라 노려보았다.

"가기 전에 한 가지만 부탁드리겠습니다."

"얘기해."

"훈련과 테크닉 보다 예의를 먼저 가르쳐 주셨으면 합니다."

정우가 케이지 안에 쓰러져 있는 남자를 보며 말했다.

"무슨 일이 있었던 거야?"

"저기 누워있는 분에게 물어보시죠."

정우는 짧게 목례하고 체육관을 나가면서 같이 웃고 떠들던 친구를 쳐다보았다.

못본 척 딴청을 피운다.

정우는 쓴웃음을 삼키며 체육관을 나왔다.

제 3 화

가출

제 3 화
가출

I

"앉아."

김주호의 명령에 두 마리의 도베르만이 바닥에 엉덩이를 붙였다. 김주호는 만족스런 미소를 지으며 놈들의 머리를 쓰다듬었다.

"그래 잘했어!"

하나 씩 먹이를 물려주었다.

도베르만들은 튼튼한 아가리로 간식을 가볍게 씹어 삼켰다.

삐이-

강한 벨 소리와 함께 저택의 커다란 문이 열렸다.

김주호는 두 마리의 도베르만 목줄을 양 손에 움켜쥐면서 일어섰다.

마당 안으로 들어서던 김정기가 김주호가 데리고 있는 도베르만을 보고 깜짝 놀라서 멈춰 섰다.

"이것들 뭐야?"

"어서오세요 아버지."

김주호의 입이 호선으로 미소를 그렸다.

눈은 웃고 있지 않았다.

"뭐하자는 거야!"

김정기가 버럭 소리를 질렀다.

"제 애완견 한 쌍입니다. 멋지지 않습니까?"

"당장 치워."

"할아버지가 칭찬하시더군요. 집을 지키기에 아주 그만일 것 같다며."

"너……!"

"짖어."

김주호의 나지막한 명령에 도베르만이 고개를 치켜들고 미친 듯이 짖기 시작했다.

"컹컹컹컹!"

도베르만들이 당장이라도 물어뜯어 죽일 듯 거칠게 짖어댔다. 김정기가 굳은 얼굴로 마른침을 삼키며 뒤로 물러

섰다.

"아주 잘 훈련된 개들이죠. 제 말이라면 목숨도 받칠 준비가 되어 있는 아이들입니다."

"꼭 애비를 죽이기라도 하고 싶은 것처럼 보이는구나."

김주호가 웃음을 흘렸다.

"그럴리가요. 아버지는 살아계셔야 합니다. 아주 오래오래요."

김정기가 어금니를 꽉 깨물었다.

"네가 점점 도를 넘는데 계속 이런 식으로 나를 자극해봐. 뼈아픈 후회를 느낄 땐 이미 늦을 거다."

"제 아이들을 자랑하고 싶었던 것 뿐인데. 기분이 나쁘셨다면 사과드리겠습니다. 죄송합니다. 아버지."

김주호가 보일 듯 말 듯한 미소를 지으며 고개를 숙였다.

뺨을 때리려 다가가려는 김정기를 향해 도베르만들이 아가리를 벌이며 뛰어 들었다. 김정기가 헛바람을 삼키며 바닥에 주저앉았다.

김주호가 목줄을 잡아 당겼다.

김정기의 코앞에서 멈춰진 두 마리의 도베르만이 잇몸을 드러내며 짖어댔다.

"컹컹컹!"

김정기가 숨도 제대로 쉬지 못하는 상태가 되어 뒤로 기어가며 일어나 허겁지겁 집 안으로 달아났다. 집 안으로 사라지고 있는 김정기를 보는 김주호의 표정이 어둡게 가라앉았다.

"아버지!"

책을 보며 바둑을 두고 있던 회장은 문을 열고 들어온 김정기를 보며 미간을 찌푸렸다.

"무슨 일인데 그리 호들갑이야."

"허락하셨다면서요."

"뭘?"

"저 미친 개새끼들 말이에요!"

회장의 눈에 노기가 올라왔다.

"너 지금 뭐하는 거야!"

회장의 기세에 눌려 김정기가 거친 호흡을 가다듬으며 시선을 떨어트렸다.

"죄송합니다. 제가 좀 흥분했습니다."

"일은 일대로 망친 주제에. 술까지 먹은 모양이구나. 여자 향수 냄새에. 쯧쯧쯧."

"많, 많이 안 먹었습니다. 최근 일이 잘 안 풀려서……."

"그런데다가! 이제 겨우 고등학생인 제 아들한테까지 마음이 동요되는 걸 보니 내가 참 잘못 살았다는 생각이

드는구나. 너를 아주 잘못 키웠어."

"아버지!"

"꼴도 보기 싫으니까 당장 나가!"

회장의 호통에 김정기가 소스라치게 놀라며 서재를 나갔다.

힘없는 얼굴로 고개를 들던 김정기는 거실에 서서 웃고 있는 김주호를 보고 이를 악물었다.

말아 쥔 양 주먹이 벌벌 떨렸다.

"많이 약해지셨네요. 아버지도 나이를 먹는군요. 그런데 어째 나이를 거꾸로 드시는 것 같습니다."

김주호가 애석한 듯 김정기를 보며 말을 이었다.

"할아버지랑은 다르게 말이죠."

"착각하지 마."

"……?"

"회장님이 등을 토닥여주니 네 눈에는 지금 뵈는 게 없지? 하지만 너도 이 세계에 발을 들였으니 곧 알게 될 거다. 네가 밟으려 하는 그 땅이 얼마나……."

회장이 거실로 나왔다.

"내일까지 본부장 자리 비워놓도록 해."

회장의 말에 김정기의 안색이 얼어붙었다.

"아버지!"

김정기가 눈을 커다랗게 뜨며 회장을 돌아보았다.

"시끄러워!"

회장의 눈에서 격양된 감정이 흘러 나왔다.

"능력이 모자란 아들은 내가 끌어안고 갈 수 있어. 하지만 넌 능력이 모자란 것을 넘어 섰어."

"아버지⋯⋯. 아니 회장님. 그러지 말고 기회를 주십시오. 이번 건은⋯⋯."

"그런 나사빠진 정신으로 무슨 기회야! 제 친척, 심지어 아들놈에게까지도 밥그릇을 빼앗길까 전전긍긍에 열정도 책임감도 없어. 사원들에게도 욕을 먹고 네가 손을 댈 때마다 각 계열사에서 죽는 소리가 빠지지를 않아! 네가 가진 건 욕심 밖에 없어!"

김정기가 입을 반쯤 벌리며 손을 떨었다.

"처음에 기대가 많았었다. 맡은 일 마다 좋은 결과를 이끌어냈으니까. 하지만 어느 순간부턴가 넌 망가지기 시작하더니 지금은 도저히 두 눈 뜨고 못 봐줄 지경이야. 이때까지 네가 싸지르는 걸 모두 모른 척 눈감아 주었던 건 언젠가는 다시 정신을 차릴지도 모른다는 기대 때문이었어. 중간 이상은 했던 놈이었으니까. 하지만 더는 시간을 주고 싶지 않다. 나도 늙었다."

"회장님⋯⋯ 제발!"

"그 입 다물어!"

건물이 흔들릴 것만 같은 외침에 김정기가 아랫입술을

깨물며 울상을 지었다.

"다시 부를 때까지 일선에서 물러나 있어."

회장이 가래 끓는 소리를 내며 거실을 가로 질러 마당으로 나갔다.

김정기가 초점을 잃은 눈으로 비틀 거렸다.

"걱정하지 마세요 아버지. 저는 아버지 자리에 관심 없으니까요."

김정기가 죽일 것 같은 눈빛으로 김주호를 노려보았다.

"마치 반항기를 거치고 있는 지난 제 모습을 보는 것 같네요."

"이 자식이 감히 어디서!"

김정기가 볼 살을 푸들푸들 떨며 김주호의 멱살을 틀어 잡았다.

김주호가 고개를 갸웃 거리며 웃었다.

"자숙하셔야 할 시간 아니십니까?"

김정기가 김주호를 바닥에 내치고 거실로 가서 양주 하나를 손에 들고 방으로 들어갔다.

김주호는 잠겨 있는 아버지의 방문을 보며 코웃음을 쳤다.

"도련님."

김주호는 고개를 돌렸다.

회장의 비서가 서 있었다.

"왜요?"

"회장님께서 잠깐 보자고 하십니다."

김주호는 코로 한숨을 내뿜으며 잠깐 생각하다가 옷을 털고 일어나 걸음을 옮겼다.

정원 마당에 뒷짐을 지고 있는 회장의 뒷모습이 보였다.

"할아버지."

김주호의 목소리를 듣고 회장이 하늘을 올려다보며 한숨을 쉬었다.

"네가 마음에 한이 많다는 걸 알아."

김주호는 대답 없이 묵묵히 회장의 뒷모습을 응시했다.

"네가 무슨 생각을 하고 있는지도 알고 있다."

긴장감이 가슴 언저리를 문질렀다.

"가혹한 현실이지만 돈이 곧 힘이다. 돈이 있다면 원하는 모든 것을 손 안에 쥘 수 있어. 이 세상 모든 것을. 하지만……."

회장이 김주호를 돌아보았다.

"자본주의에 지배당해선 아무런 소용이 없다. 돈이라는 괴물을 완벽하게 통제할 수 있어야 해. 그래야만 진짜 힘을 얻게 되는 것이야. 손 안에 들고 있다고 해서 그 돈이 힘이 되는 게 아니라는 뜻이다. 할애비가 하는 말 이해하겠어?"

"네 할아버지."

"이빨과 발톱을 숨기는 법을 배워. 공격적인 짐승은 함정에 빠지기 쉬운 법이니까."

　"명심하겠습니다."

　"5년이다."

　김주호가 얼굴을 들어 회장의 눈을 쳐다보았다.

　"그 때 쯤이면 대학교도 졸업하게 되겠지. 그 때까지 미래를 위해 네가 원하는 과정을 위해 철저히 준비할 수 있도록 해."

　"네."

　"그리고 앞으로 네 애비 정기 녀석 자극하는 일은 자제하도록 해."

　"죄송합니다."

　"난 이미 정기에게는 기대를 버렸다. 하지만 그렇다고 해서 결정되어진 건 아무것도 없어. 네가 원하는 것을 손에 쥐고 싶다면 내게 결과를 가져와야만 해. 과정 따위는 필요 없어. 능력도 없으면서 열심히만 일하는 놈들을 나는 아주 싫어한다. 상황은 언제나 쉽게 뒤집어지기 마련이다."

　"명심하겠습니다. 할아버지."

　회장이 고개를 끄덕였다.

　"그만 들어가봐."

　김주호는 정중하게 허리를 숙여 인사를 하고 몸을 돌렸다.

체육관의 문이 열렸다.

정우가 스파링을 벌였던 반대편 건물의 체육관 코치가 내부를 둘러 볼 때 사무실에서 노인이 문을 열고 나왔다.

코치는 노인을 보고 그가 이 허름한 체육관의 주인인 것을 알아차렸다.

"어떻게 오셨습니까?"

노인이 물었다.

"관장님 되십니까?"

"그렇습니다만."

코치가 지갑에서 명함을 꺼냈다.

"요 앞 코리아러쉬의 코치로 일하고 있는 민세훈이라고 합니다."

"아 예."

노인이 고개를 끄덕이며 코치를 쳐다보았다.

"그런데 무슨 일로?"

"혹시 얘기 못 들으셨습니까?"

"어떤 얘기를 말씀하시는 건지요."

"스파링에 대해서요."

"스파링이요?"

"얘기 못 들으신 것 같군요. 뭐 그렇게 큰일은 아닙니다만은."

"저희 체육관에 다니고 있는 아이가 스파링을 했단 말입니까?"

"먼저 사과부터 드리겠습니다. 정말 면목 없습니다. 죄송합니다."

코치가 고개를 숙였다.

"무슨 일입니까. 말씀해보세요."

"저 그게……."

코치는 난감함을 무릎 쓰고 어제 있었던 일에 대해서 설명했다. 얘기를 모두 듣고 난 뒤 노인은 기분이 상한 것인지 씁쓸한 표정을 지었다.

"그런 일이 있었군요. 사과하러 오신 거라면 그만 됐습니다."

"사과도 사과지만. 드릴 말씀도 있습니다. 괜찮으시다면 시간 좀 내어주실 수 있으시겠습니까?"

노인은 코치의 눈을 몇 초간 본 후, 고개를 끄덕였다.

"이 쪽으로 오세요. 차 한 잔 내어드리지요."

코치는 노인을 따라 사무실에 들어갔다.

협소한 공간이다.

내키진 않았지만 벽에 붙어 있는 낡고 오래된 소파에 앉았다. 잠시 후 노인이 차 한 잔을 내와 앞에 놓아 주었다.

"감사합니다."

"그래 하실 얘기가 무엇인지……."

노인이 반대편에 앉으면서 물었다.

"짐작 가시겠지만 실은 어제 스파링을 한 아이에 대해 관심이 생겨서 찾아오게 되었습니다."

"정우를 선수로 키우고 싶다는 말씀이십니까?"

"그 아이 이름이……?"

"이정우. 아마 그 녀석이 맞을 겁니다."

"학생인가요?"

"고등학교 3학년으로 알고 있습니다."

코치가 조금은 긴장된 얼굴로 손가락 뼈마디를 매만졌다.

"훈련 경력이 얼마 안 된다고 하던데. 사실입니까?"

관심도가 훨씬 더 급증한 눈빛으로 물었다.

"제가 알기로는 어제 처음 제게 기본적인 것만 배운 정도입니다."

코치의 눈이 욕심으로 번쩍 빛이 났다.

"격투에 있어서 천부적인 감각을 가진 아이였습니다."

"그래서요?"

코치가 침을 꿀꺽 삼켰다.

"실례되는 말씀인지는 충분히 알고 있습니다. 하지만 그럼에도 불구하고 실례를 무릅쓰고 말씀 드리겠습니다.

그 학생 제가 제대로 한 번 키워보고 싶습니다. 저희 체육관은 국내 최대의 시설을 갖추고 있으며 선수에게 가능한 모든 지원을 아끼지 않고 있습니다. 기회를 주신다면 제가 세계챔피언으로 만들어 보겠습니다."

노인이 웃음을 흘렸다.

"저는 이미 오래전에 욕심을 놓은 사람입니다. 그러니 제 허락은 필요 없습니다."

"그럼……."

"하지만."

"네?"

"그 아이의 결정이 가장 중요한 일 아니겠습니까."

"그 부분은 제게 맡겨주십시오. 다시 한 번 감사드립니다. 무례함을 용서해주신 점 진심으로 감사드립니다."

노인이 쓰게 웃었다.

"만약 정우가 저희 체육관에 들어오게 될 경우 필요하신 게 있으시다면 절대 부담 갖지 마시고 뭐든지 말씀해주십시오. 또한 가능한 범위 내에서 후사하겠습니다."

노인의 눈이 사뭇 진지하게 무거워졌다.

"그런 걸 원치는 않소."

"기분 나쁘셨다면 죄송합니다."

노인이 엷게 웃었다.

"고지식한 제 탓이지요. 곧 마감 청소를 할 시간이라 말씀 끝나셨으면 이만 일어나시지요."

"시간 할애해 주셔서 감사했습니다. 다시 찾아뵙겠습니다."

노인이 미소를 그리며 고개를 끄덕였다.

"그럼 이만."

코치는 체육관을 나오면서 마음속으로 쾌재를 불렀다.

일이 이렇게 쉽게 풀릴 거라고는 전혀 생각지 못했던 부분이다.

화려한 조건을 제시하고 이빨만 제대로 깐다면 체육관으로 영입하는 건 별로 어려운 일이 아닐 것이다.

그 펀치.

그 감각.

반사 신경.

어느 하나 빠지는 게 없다.

원석을 발견하는데 많은 정보가 필요하지는 않다.

짧은 시간이었지만 충분히 알 수 있었다.

보물을 발견했다는 사실을.

이것은 필시 인연이다.

코치는 자신의 체육관으로 돌아가면서 입가에 번지는 미소를 지울 수가 없었다.

놈은 다이아몬드다.

II

김주호는 2층에 위치한 체육관을 올려다보면서 입맛을 다셨다.

"내가 여긴 또 왜 온 거야."

김주호는 머리를 박박 긁었다.

집에 있기가 불편해 밖으로 나왔는데 막상 갈 곳이 없어 발길 닿는 데로 움직이다 보니 결국 이 곳으로 오게 됐다.

"됐다 그냥 가자. 뭐라 생각하겠어."

돌아가려던 김주호는 발을 멈추고 섰다.

마땅히 갈 곳이 떠오르지 않았다.

더군다나 가장 마음에 걸리는 건 그 여자다.

도대체 어째서, 무엇 때문인지 계속해서 머릿속에서 떠나지 않는 그 여자 때문에 이상하게 불편하다.

신연아라고 했나?

소극적이고 겁 많고, 왕따나 당할 것 같은 여자가 대체 왜 자꾸 머릿속에서 복잡하게 나타나는지 이유를 알 수가 없다.

김주호는 이를 꽉 깨물며 콧김을 훅 내쉬며 체육관을 올려다보았다.

"가서. 얼굴 보면 알겠지."

김주호는 체육관으로 가면서 고개를 갸웃 거렸다.

"알려나?"

건물 입구에 들어가 계단을 타고 2층으로 올라가면서 심장 박동이 올라가는 게 느껴졌다. 어느 누구라도 들을 것만 같은 커다란 소리처럼 느껴졌다.

김주호는 계단 중간에서 멈춰 서서 벽에 등을 붙이고 숨을 몰아쉬었다.

"왜 이러는 거야. 진정해. 심장에 문제가 있나? 병원에 가봐야 되는 건가. 왜 이래 도대체. 이상하네 진짜. 그 때 옥상에서는 멀쩡했는데 분명……. 왜 이제와서."

"뭘 궁시렁 대고 있어."

김주호가 깜짝 놀라서 고개를 돌렸다.

계단 위에 노인이 서 있었다.

"으아악!"

김주호는 깜짝 놀라 비명을 내지르다 중심을 잃었다.

계단 밑으로 굴러 떨어지는 김주호를 보며 노인이 혀를 찼다.

"아아……."

욱신거리는 통증이 있었지만 그런 이유로 눈을 뜰 수 없었던 건 아니다.

쪽팔린다.

도저히 눈을 뜰 수가 없다.

"저 화상."

노인이 혀를 차며 손에 들고 있던 청소 도구를 바닥에 놓고 계단 아래로 내려갔다.

　　"얼른 안 일어나?"

　　노인이 김주호의 엉덩이를 걷어찼다.

　　김주호는 눈을 더 세게 감았다.

　　"이게 근데."

　　노인이 김주호의 구렛나루를 잡아 당겼다.

　　"아아……! 아아! 놔요 할아버지! 이거 놓으라고 아프다고!"

　　"염병을 한다 아주."

　　"아 아프다고! 놓으라고!"

　　"그러게 왜 대꾸는 안하고 기절한 척이야!"

　　"아 쪽팔리니까 그렇죠!"

　　"쪽팔릴 것도 많다."

　　"아 놓으라고요 좀!"

　　"놓으면?"

　　"놓으면 놓는 거지 무슨 놓으면이에요! 노망났나 진짜. 아 진짜 아프다고!"

　　노인이 김주호의 구렛나루를 더 세게 끌어당겨 올렸다.

　　"노망이라니!"

　　"잘못했어요. 잘못했습니다. 제발 이 것 좀 놔줘요. 제발요."

김주호가 거의 울다시피 사정했다.

"청소하고 갈 거지?"

"내가 왜 청소를……. 아아악! 알았어요. 한다고. 하면 되잖아!"

노인이 손을 털면서 껄껄 웃었다.

"악마같은 늙은이."

"뭬야?!"

김주호가 입구 앞에 놓여있는 청소 도구를 챙겨 2층 체육관 안으로 줄행랑을 쳤다.

"허험."

노인은 헛기침을 하며 웃음을 감추려 애썼다.

체육관 안에서 건성건성 청소하던 김주호는 노인이 들어오는 걸 보고 짜증을 집어 삼켰다.

"밥 먹었어?"

노인이 물었다.

"안 먹었는데요."

"같이 밥 먹을 겨?"

"주면 먹고요."

"밥 먹고 싶으면 청소 똑바로 해!"

노인의 잡아먹을 것 같은 갑작스러운 외침에 김주호는 아랫입술을 질끈 깨물며 코를 벌렁 거렸다.

"망할 영감탱이. 내가 진짜 여긴 왜 와 가지고."

"굶고 싶구나. 그냥 굶어. 밥 아깝게 뭐하러……."

"아 진짜 청소 하고 있잖아요."

"손이 보이잖아."

"아 그럼 사람이 손이 보이지 무슨 만화책 보세요? 손이 안 보이게."

"지금부터 10분 준다. 10분 안에 이 체육관 새것처럼 만들어 놔."

"다 쓰러져가는 폐가를 무슨 수로! 내 그냥 사 먹고 말지."

"우리 집 밥은 비싸. 정이 있으니까."

김주호가 코웃음을 쳤다.

"제가 볼 땐 그냥 부려먹으려고 대사 치시는 거 같은데요?"

"그냥 밥 먹지 말고 스파링 한 번 하자. 말라비틀어진 게 불쌍해서 밥이라도 먹이려 했더니. 날 사기꾼으로 몰아?"

노인의 눈에 진심이 담겼다.

김주호는 조용히 허리를 숙였다.

"알았어요 청소할게요. 한다구요."

김주호는 빠르게 빗자루로 바닥을 쓸었다.

제 4 화

울 림

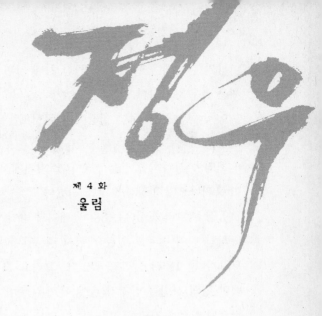

제 4 화
울림

I

　서울 외곽에 위치한 수많은 컨테이너 사이의 공장 앞으로 수백 대의 차가 주차 되어 있었다. 그 뒤를 이어 줄줄이 들어오는 차들을 야광봉을 든 몇몇 사람들이 통제했다.

　차를 주차하고 내린 사람들은 공장 입구 앞에 서 있는 남자에게 표를 건네고 입구를 통과했다.

　잠시 후, 입구에서 표를 확인하던 남자가 시계를 확인했다.

　11시 59분.

남자는 고개를 들어 주변을 한 차례 살핀 뒤 공장의 두꺼운 철문을 닫았다.

어둑하던 공장 내부 천장에는 콘서트홀을 연상시키는 조명들이 빼곡하게 위치해 있었다.

조명이 서서히 공장을 밝혔고 스피커에서 웅장한 음악이 흘러나오며 긴장감을 고조 시켰다.

공장 내부의 중심에는 8각의 케이지 링이 있었다.

하얀 핀이 비추고 있는 케이지 링 위로 연출된 하얀 스모그가 뭉게뭉게 깔리고 있었다. 그리고 그 링 주변으로 백여 명의 사람들이 각각 손에 두꺼운 종이 한 장을 들고 긴장된 얼굴로 자리해 있다.

음악이 맥시멈으로 올라갔다.

쿵쾅 거리는 음악 소리가 공장 내부를 가득 채웠다.

이내 그 음악 소리는 서서히 낮아지기 시작했고 스모그 사이로 마이크를 든 진행자가 등장했다.

"MAKE SOME NOISE!!!!!!!!!!!!!!!!!"

진행자의 굵고 강한 목소리가 스피커에서 폭발하듯 터져 나왔다.

"YEEEEEEH!!"

남녀 할 것 없이 사람들이 양 팔을 치켜들며 핏발 선 눈으로 광적으로 소리 질렀다.

공장이 떠나갈 정도로 커다란 함성이었다.

진행자는 전율을 일으킬 정도로 굉장한 그 함성을 즐기는 듯 온몸으로 그 소리를 받아내다가 눈을 감으며 천천히 머리 위로 손을 들었다.

객석의 함성이 잦아들었고 이내 고요한 침묵이 내려앉았다.

긴장된 음악이 낮게 깔리듯이 흘러 나왔다.

"KC. 우리 코리안 콜로세움에 오신 것을 진심으로 환영합니다."

객석에 앉은 사람들이 목청이 찢어질 듯 소리 질렀다.

진행자가 입가에 미소를 띠우며 다시 손을 들었다.

장내에 다시 침묵이 내려앉았다.

"오늘 이 자리. 우리 KC에는 열렬한 매니아층도 있을 것이며 새로운 신세계에 발을 들인 미래의 행운아 혹은 불운아가 있을 것입니다. 고대 로마의 콜로세움을 배경으로 탄생한 KC는 여러분의 갈증을 해소시키며 온몸에 아드레날린이 폭발시키게 할 축제가 될 겁니다. 오늘의 경기는 메인매치를 포함 총 4경기로 이루어지며 각 경기는 3라운드로 이루어져 있습니다."

진행자가 진행 카드를 보며 고개를 끄덕였다.

"첫 번째 경기는 오늘 첫 경기를 치르는 배당금 24.7배의 다니엘 박. 그리고 그 상대는 최근 무섭게 떠오르고 있는 신예인만큼 낮은 배당금을 가지고 있는 최진우. 광고 후 첫 번째 경기를 시작하도록 하겠습니다."

링 위로 보이는 커다란 전자 광고판에 영상이 올라왔다.

웅장한 음악이 흐르고 피로 물든 경기장이 보였다.

화면이 전환되면서 출전선수의 영상이 나왔다.

신장 182.

몸무게 80.

다니엘 박의 파이트 자세를 취한 사진이 나오고 이어 땀이 범벅이 된 얼굴로 웨이트 트레이닝을 하는 훈련영상이 나왔다.

음악이 깔렸다.

경기장 안이 완전한 어둠으로 암전되었다.

하얀 조명이 선수가 걸어나올 등장로를 비추고 임팩트 있는 음악과 함께 천막을 쳐내고 선수가 등장했다.

다니엘 박은 수많은 사람들의 함성을 받으며 케이지 링에 올라섰다. 이어서 그의 대전 상대인 최진우의 광고 영상이 나타났다.

4전 전승.

그 간의 피 튀기는 경기영상이 흘러나온 뒤, 최진우가 등장했다.

최진우에게 배팅을 건 사람들이 두 주먹을 움켜쥐며 소리쳤다.

"죽여라!"

"이겨라!"

"이겨야 돼!"

"너만 믿는다!"

"최진우 파이팅!"

최진우가 철창문을 열어 케이지 안으로 입장했다.

링 바닥에는 KC 로고가 새겨져 있다.

운동복 팬츠만 입은 맨주먹의 두 선수가 링 위에서 마주 섰다.

뒤이어 심판이 올라왔다.

두 선수가 눈빛을 주고받았다.

심판의 지시 아래 서로 짧은 인사를 주고받은 순간 심판이 엑스자로 교차시킨 팔을 밑으로 내렸다.

땡-

공이 울렸다.

공이 울림과 동시에 두 선수가 주먹을 뻗었다.

두 주먹이 서로 교차되며 각 상대의 얼굴을 타격했다. 몸이 밀려나며 본격적인 경기가 시작되었다. 경기가 시작되자 관중의 함성이 하늘을 찔렀다.

1라운드 경기는 평범한 MMA 형태의 경기로 진행되었다.

최진우가 다니엘 박에게 로우킥을 날렸다.

다니엘 박이 다리를 들어 로우킥을 막은 뒤, 고개와 허리를 숙이며 최진우에게 뛰어 들었다. 어깨와 허벅지를 잡고 다리를 걸어 바닥에 테이크 다운 시켰다.

서로의 몸이 엉켜 들었다.

최진우가 주먹을 날렸지만 운동 경험이 있는 듯 다니엘 박은 두 다리로 최진우의 허리를 감싸 안은 뒤 최진우의 주먹을 피하고 막아냈다.

서로의 팔을 붙잡고 힘싸움을 겨루던 가운데 두 번째 공이 울렸다.

각자 코너로 돌아가 바닥에서 휴식을 취했다.

그 사이 키가 크고 몸매 좋은 나체의 여자가 링을 한 바퀴 돌며 2라운드를 알렸다.

두 번째 공이 시작된 후로 경기는 더 잔인하고 치열하게 과열되기 시작했다.

두 번째 종이 울림과 동시에 케이지 위에서 철제의자와 알루미늄 배트. 목각 나무 등 각 물건들이 떨어져 내렸다.

둘 모두 공이 울리자마자 무기를 줍기 위해 사력을 다해 달려들었다.

최진우가 어금니를 꽉 깨물며 무기를 향해 손을 뻗었다.

다니엘 박 역시 마찬가지.

각자 무기를 주워들었다.

KC경기의 룰은 두 가지다.

1라운드는 일반적인 MMA의 룰을 따르며, 2라운드부터
는 KC만의 새로운 무규칙이 생긴다.

케이지 안으로 공격 무기가 지급되고 급소를 제외한 모
든 곳에 공격이 가능하다.

다니엘 박이 철제의자를 주워들었고 최진우는 알루미늄
배트를 손에 들었다.

서로 거리를 재며 공격할 빈틈을 노렸다.

최진우가 선제공격을 감행했다.

2라운드는 1분의 시간 밖에 주어지지 않는다.

최진우가 배트를 휘둘렀다.

다니엘 박이 철제 의자로 배트를 막고 발로 최진우의 복
부를 밀어 찼다. 중심을 잃고 뒤로 밀려난 최진우를 향해
철제의자를 세로로 세워 공격했다.

최진우가 몸을 뒤로 빼면서 다니엘 박의 다리에 배트를
때려 넣었다. 허벅지를 맞고 둔탁한 소리가 났다. 최진우
에게 배팅을 건 관객들이 주먹을 움켜쥐었다.

"더! 더! 더! 더 쎄게!"

"죽여버리란 말이야."

다리를 잡고 무릎을 꿇은 다니엘 박의 등에 배트를 휘둘
렀다. 다니엘 박이 고통스러운 신음을 흘리며 바닥에 쓰러
졌다. 최진우가 흥분에 물든 눈으로 다니엘 박을 내려다보
았다.

"으아아아!"

최진우가 기합을 내지르며 무자비하게 배트를 휘둘렀다.

이미 이성은 본성에게 잡아먹히고 있었다.

◇◇◇

"이거 진짜 영감이 만든 거예요?"

따악!

노인이 숟가락으로 김주호의 머리를 때렸다.

"왜 때려요 또!"

"영감이 뭐야 영감이. 관장님이라고 불러."

머리를 문지르던 김주호가 머리에 묻은 밥풀을 만지곤 짜증을 쏟아냈다.

"아 밥풀! 에이 진짜 이 씨."

노인이 다시 숟가락을 들자 김주호가 손을 들며 고개를 끄덕였다.

"알았어요 알았어. 그만합시다 그만."

"맛있지?"

"먹을 만은 하네."

"말하는 꼬락서니 하고는."

"근데. 영감…… 아니 관장님 혼자예요?"

"그래."

"걔는?"

"누구?"

"딸내미."

노인이 숟가락으로 이마를 때렸다.

"어디서 반말이야?"

"아 딸내미 어딨냐구요."

"그건 알아서 뭐하게."

김주호가 눈을 바짝 떴다.

"묻지도 못합니까?"

"못해."

김주호가 코웃음을 치며 고개를 가로 저었다.

"왜 온 거야?"

노인이 밥을 떠먹으면서 물었다.

"저도 제가 왜 여기 왔는지 모르겠거든요?"

"갈 데가 없으니까 온 거겠지."

김주호가 노인을 보다가 입을 열었다.

"무슨 일 있어요? 얼굴이 이상한데."

"시끄럽고. 너 밥 먹고 나면 가서 연아 좀 데리고 와."

"어딨는데요."

"테크노 마트. 거기서 일해. 10시에 끝나니까 시간 맞춰서 데려와."

"알바같은 거 해요?"

"그래."

"데리고 올 테니까 대신에 하루만 재워줘요."

"맘대로 해."

의외로 순순히 허락한다.

김주호는 밥을 마저 먹고 시간을 확인했다.

9시 30분.

"설거지도 해요?"

"됐어. 있다가 연아나 데려와."

"갔다 올게요."

"벌써?"

"관장님이랑 같이 있다간 제 명에 못 살겠습니다."

노인이 웃으며 밥을 먹었다.

김주호는 벗어놓은 외투를 챙겨 입으며 체육관을 나섰다.

마트 앞에 도착하니 9시 35분이다.

"뭐가 이렇게 가까워."

김주호는 투덜거리면서 뒷머리를 긁적였다.

시계를 다시 한 번 보곤 담배를 꺼내 입에 물었다.

치익!

라이터로 불을 붙였다.

연기를 흡입하자 니코틴이 몸에 스며든다.

담배를 펴도 시간은 아직 20분이나 남았다.

구경이나 하자 싶어 마트 안으로 들어갔다.

계산대가 일렬로 쭉 늘어져 있다.

1층은 의류, 패션잡화 코너다.

연아를 찾아보기로 했다.

1층 계산대에서는 보이질 않았다.

1층을 다 돌아다녀봤지만 연아는 보이지 않았다.

김주호는 에스컬레이터를 타고 2층 가전 코너로 향했다.

새로 나온 신상 기계들을 보며 걷던 중 김주호는 의자에 앉아 졸고 있는 연아를 발견했다.

연아가 앉아있는 주변에는 노트북과 테블릿 pc들이 있었다.

김주호는 그 자리에서 연아를 지켜봤다.

주변의 모든 시야가 사라지는 느낌이다.

마치 블랙홀처럼 시선이 빨려 들어간다.

왜지?

가슴 한 쪽이 이상했다.

처음 느껴 보는 감정이라 당황스럽기 그지없다.

밝은 조명 아래 잠들어 있는 그녀에게서 시선을 뗄 수 없다.

설마…….

"야 신연아. 너 마감 준비 안하고 뭐해."

30대 중반 정도로 보이는 남자가 매장을 지나다가 연아를 보고 인상을 팍 쓰며 앞으로 다가가 말했다. 연아는 잠에서 깨어나고는 화들짝 놀라 벌떡 일어났다.

"죄, 죄송합니다. 죄송합니다."

연아가 연신 머리를 숙였다.

"너 내가 요즘 좀 잘해주니까 일하는 게 우스워?"

"아니에요. 정말 죄송해요. 다신 안 그럴게요."

연아가 안절부절 하지 못하며 고개를 들지 못했다.

"많이 피곤해?"

"아니에요. 이제 괜찮아요. 얼른 마감 준비 할 게요."

"일로 와봐."

남자가 손가락을 까딱 거렸다.

연아가 눈치를 보며 가까이 걸어갔다.

"평소에는 일도 열심히 하는 애가 오늘은 많이 피곤한가 보네. 그래도 일하러 와서 졸고 그러면 안 되는 거야. 내가 늘 얘기하잖아."

남자가 그렇게 말하며 연아의 어깨를 꽉꽉 만지며 주물렀다.

"많이 뭉쳤네?"

"괘, 괜찮아요 매니저님……."

"가만히 있어봐. 근육이 뭉치니까 자주 피곤하지."

남자가 다소 강압적으로 말했다.

그리고선 연아를 머리끝부터 발끝까지 눈으로 훑었다.

입가에는 작은 미소까지 걸려 있다.

"이거 놓아주세요. 안 그러면……."

"안마 해주고 있잖아 고마워하진 못할망정."

남자가 응큼함이 섞인 표정을 지었다.

김주호는 더 이상 두고보지 않고 코웃음을 치며 매장 안으로 걸어 들어갔다.

안으로 걸어가면서 휴대폰을 꺼내 사진을 찰칵 찍었다.

남자와 연아가 놀라며 김주호를 쳐다봤다.

찰칵. 찰칵. 찰칵.

남자의 얼굴을 연속으로 찍었다.

"뭐하는 거야 인마!"

남자가 언성을 올리며 손을 뻗어왔다.

김주호는 휴대폰을 들고 있는 손을 뒤로 빼며 다가오는 남자의 다리를 걸었다.

남자가 바닥에 고꾸라졌다.

김주호는 휴대폰을 품 안에 넣으면서 남자를 내려다보았다.

"손님을 응대해야 할 신성한 매장에서 직원 성추행이라니."

남자가 이를 악물며 일어났다.

"성추행은 무슨 성추행! 졸고 있는 직원 어깨 좀 주물러 준 게 그게 무슨 성추행이야? 야 신연아. 넌 해고야. 알았어?"

김주호는 연아를 돌아보았다.

눈에 물기가 가득 맺혀 있다.

결국엔 눈물 한 방울이 뚝 하고 떨어진다.

김주호는 무표정한 얼굴로 남자를 쏘아 보았다.

그 시선이 부담스러웠는지 남자는 조금 위축된 얼굴로 뒷걸음질 쳤다.

"뭐 때리려고? 경찰 불러서 모진 꼴 당하기 전에 곱게 가라. 나 참 별."

김주호가 주머니에 손을 찔러 넣고 뚜벅뚜벅 남자에게 느릿하게 걸어갔다.

"뭐? 뭐뭐 뭐?!"

남자가 겁을 잔뜩 집어먹어 보이는 웅크린 모습으로 고개만 치켜들었다.

김주호가 무시무시하게 노려보며 손을 내밀자 남자가 숨을 참으며 팔로 얼굴을 막았다.

김주호는 비웃음을 던지며 남자의 왼쪽 가슴에 달려 있는 명찰을 떼어 냈다.

"결혼 했나 보네?"

남자의 왼 손 네 번째 손가락에 반지가 끼워져 있는 게 보였다.

"애는 있고?"

남자가 정장 자켓을 벗어 바닥에 집어 던졌다.

흥분한 얼굴로 넥타이를 거칠게 풀어 헤친다.

"너 진짜 나랑 한 번 해보자는 거야? 이 양아치 같은 새끼가 어디서. 너 지금 이거 영업 방해야 엉? 나 절대로 그냥 넘어갈 생각 없어. 네가 아무리 빌고 빌어도 영업 방해 및 협박으로 서로 처넣어버릴 거야. 알았어?"

김주호가 뚱한 얼굴로 고개를 갸웃 거렸다.

"진짜 안 봐줄 거야?"

"왜 이제 좀 현실이 느껴지냐? 응? 이 개 양아치 같은 자식아?"

"PA테크노마트 영업관리자?"

"너 꼼짝 말고 여기 있어."

남자가 숨을 훅 내밀어 쉬며 휴대폰을 꺼냈다.

김주호가 남자에게 걸어가 귓속말을 전했다.

"인사가 늦었군요. 현기 그룹의 외동아들 김주호라고 합니다."

남자의 얼굴이 사색이 됐다.

당장 파리가 붙어도 할 말이 없을 시체같은 얼굴이었다.

마치 하늘이 무너지는 듯한 그런 표정을 짓고 있는 남자를 보며 김주호가 가늘게 웃었다.

"잠깐 조용히 나가서 얘기 좀 하실까."

남자가 입술을 파들파들 떨었다.

"먼저 나가서 기다리고 있을 테니까. 연아한테 천천히 마감 하면서 기다리라고 하고, 따라 나와 알았어?"

김주호가 낮은 소리로 작게 말했다.

"예!"

김주호가 머리를 숙이려는 남자의 얼굴을 턱 붙잡았다.

"절대 내가 현기 그룹과 관련되어 있다는 걸 연아에게 티내지 말고. 무슨 말인지 알아듣겠지?"

"예예!"

"목소리 낮추고. 잘해라?"

김주호가 낮게 말했다.

남자가 창백한 얼굴로 굵은 침을 삼켰다.

"예."

"1층 정문 출입구에서 기다린다."

김주호는 눈물을 닦고 있는 연아를 한 번 쳐다본 뒤에 매장을 나왔다.

남자는 김주호가 나간 것을 보고나서 손에 얼굴을 묻었다.

일이 이렇게 개떡같이 풀릴 것이라고는 상상도 하지 못 했다.

남자는 우물쭈물 서 있는 연아에게 힘없이 걸어갔다.

"아는 사람이야?"

남자가 물었다.

연아는 여전히 눈물이 맺힌 얼굴로 고개를 끄덕였다.

"그만 좀 울어. 내가 뭘 그렇게……! 아니. 아니야. 혹시
나 때문에 기분 나쁜 거 있어?"

남자가 연아의 표정을 살피며 물었다.

"저 진짜 해고되는 거예요?"

연아가 울먹이는 얼굴로 물었다.

"아니야 아니야. 해고는 무슨. 절대 그런 거 아니야. 사
과할게 미안하다. 농담이라도 그런 얘기하는 게 아닌데.
그래. 뭐 혹시라도 나 때문에 기분 나쁜 일 있어? 있다면
정말 미안해. 진짜야. 진심으로 미안하고. 마감은 대충해.
나머지는 내가 알아서 정리할 테니까. 알았지?"

연아가 어리둥절한 얼굴로 끄덕였다.

"그래 수고하고. 아! 앞으로 자고 싶으면 자도 돼. 피곤
하면 그럴 수 있지. 내가 다 책임질 테니까 앞으로는 걱정
마."

"아니에요. 앞으로 안 그럴게요. 정말이에요. 한 번만
용서해주세요."

"아니야 아니야. 뭐라 하는 거 아니야 네 입장을 이해해
서 그래. 그러니까 어……. 아무튼 잘 하고 있으니까 내가
하는 말 신경 쓰지 말고 마감 대충 해."

남자는 침을 꿀꺽 삼키며 1층으로 향했다.

손에 땀이 가득 베였다.

현기그룹의 외동아들이라니.

이 무슨 말도 안 되는 상황이란 말인가.

두려움에 이마에 땀이 송글송글 맺혔다.

잠깐.

저 놈이 진짜 현기 그룹의 외동아들일까?

현기 그룹의 왕자가 아르바이트나 하는 여자애랑 알 리가. 아니지. 놈도 학생인 것 같고 그만한 얼굴이면 충분히.

남자는 에스컬레이터에서 내려 1층에 도착하자마자 휴대폰을 꺼내 웹사이트에 현기그룹 아들에 대해 검색을 했다. 최근 사진은 없지만 5년 전 사진은 찾을 수 있었다.

"뻥이겠지. 뻥일 거야. 현기 그룹은 개뿔……."

사진을 확인한 남자는 다리에 힘이 풀려 바닥에 주저앉고 말았다.

"진짜잖아."

남자는 손을 바들바들 떨면서 휴대폰을 다시 품안에 집어넣고 머리를 쓸어 올렸다.

"정신 차리자. 정신 차려야 돼. 후우! 후우!"

심호흡을 하고 머리를 흔들었다.

1층 밖으로 나오자 담배를 피우고 있는 김주호가 보였다.

남자는 김주호 앞으로 종종 걸음으로 달려갔다.

현기 그룹의 외동아들이라는 사실을 확인하자 몸이 얼어붙는다.

입가에는 얼어붙은 미소가 그려지고 손을 저절로 비벼지고 있다.

"제가 감히 누군지도 몰라 뵈고⋯⋯. 실례했습니다. 어떻게 사과의 말씀을 드려야 할지."

"카악 퉤!"

김주호가 근처 쓰레기통에 가래침을 뱉었다.

불량스럽기 그지없는 모습이다.

누가 봐도 대기업 회장 손자라고는 볼 수 없는 모습이다.

억울한 마음마저 들었다.

"내 말 잘 들어."

"예예. 말씀하십시오."

"앞으로 연아가 일을 함에 있어서 불편한 게 있어선 안 될 거야."

"예. 그렇게 하겠습니다. 무슨 말씀이신지 잘 알아들었습니다. 걱정하지 마십시오. 제가 책임지고 연아 양을 모시겠습니다."

"만에 하나."

남자가 고개를 바짝 들었다.

"오늘과 같은 일이 비슷하게라도 생긴다면. 아니, 불평불만이 한 마디라도 내 귀에 들어오는 순간."

김주호의 눈빛이 서늘하게 변했다.

"당신은 나를 만난 걸, 당신이 태어난 걸, 당신이 결혼한 걸 후회하게 될 거다. 또한 남은 일생을 저주하게 될 거야."

김주호가 싱긋 웃어보였다.

"알겠어?"

"예!"

남자가 독사를 만난 것처럼 바짝 굳은 얼굴로 대답했다.

"열중쉬어."

"네?"

"열중쉬어."

남자가 황급히 군대 시절을 떠올리며 다리를 벌리고 열중쉬어 자세를 취했다.

모멸감이 솟구쳤지만 참아야만 한다.

내색해서도 안 된다.

현실은 전장터다.

작은 실수가 목숨을 앗아가는 법.

고개를 바짝 들고 전방을 주시했다.

가랑이 사이로 발이 올라왔다.

달걀 두 알이 깨지는 소리가 났다.

"어어어어……."

남자가 파리한 얼굴로 급소를 붙잡았다.

바들바들 떠는 얼굴을 들어 김주호를 올려다보았다.

개자식…….

남자는 억지웃음을 지어 보였다.

김주호가 주먹을 휘둘렀다.

남자는 주먹을 얻어맞고 바닥에 벌렁 쓰러졌다.

김주호가 손을 한 차례 털어내고 시계를 확인했다.

"퇴근까지 5분 남았네. 나는 내 친구가 초과근무를 하지 않았으면 하는데."

"예예. 그, 그, 그럼요."

남자가 마치 독에 중독된 사람처럼 온몸을 벌벌 떨면서 힘겹게 일어났다. 가랑이 사이를 붙잡고 걸어가는 남자의 뒷모습을 향해 김주호는 경멸하는 시선을 던졌다.

Ⅱ

팔짱을 끼고서 음악을 듣고 있던 김주호는 연아가 나오는 걸 보고 귀에서 이어폰을 뺐다.

눈이 마주쳤다.

김주호가 시선을 피할 때 연아가 다가왔다.

"선배님. 아까 전에는……."

"체육관에 갔다가. 영감이 너 데리고 오라길래 온 거야. 하여튼 노인네 날 너무 막 대한다니까."

연아가 고개를 꾸벅 숙였다.

"아까 전엔 감사했습니다. 그렇지 않아도 요즘 들어 많이 불편하게 굴어서 저도 화가 날 뻔 했었는데……."

"너 바보냐? 그런 인간 밑에서 뭐하러 일 해."

"이런 저런 핑계로 매번 그만 두면 일을 못 하니까요."

연아가 측은해 보이는 목소리로 말했다.

김주호는 혀를 차면서 목을 긁었다.

"앞으로 너 불편하게 놈 있으면 얘기해. 내가 처리해줄 테니까."

연아가 눈을 동그랗게 떴다.

이유를 모르겠다는 눈빛이다.

"아, 아니, 나도 이제 체육관 다니고 할 건데. 서로 도와 줄 수 있는 건 도와줘야지."

괜히 헛기침을 했다.

얼굴도 붉어지는 것 같다.

말도 꼬이고 심장은 펄떡 거리고.

대체 뭐하고 있는 건지.

스스로가 한심하게 느껴졌다.

어색해서 견디기가 힘들 지경이다.

하지만 문제는 멈출 수가 없다는 것이다. 본 지 얼마나 됐다고 벌써 좋아하게 된 건가?

뭐? 좋아해?

내가?

이 김주호가?

머릿속에서는 수만 가지 생각이 들면서 대화가 정상적으로 나오고 있다는 게 스스로 신기했다.

"암튼 앞으로 불편하게 하는 놈들 있으면 얘기해."

연아가 입을 가리며 웃었다.

"네. 감사합니다."

"가자."

같이 체육관으로 향하면서 김주호는 연아를 흘깃 훔쳐보았다.

목덜미가 드러나는 당고 머리를 했다.

학교에서는 일명 똥머리라고 부르는 헤어다.

헐렁한 티셔츠에 쫙 붙는 청바지.

그리고 귀여운 운동화를 신었다.

키는 한 165정도 되려나.

의외로 볼륨감도 꽤 상당하다.

다시 목부터 뜨끈한 열기가 올라온다.

옆모습은 가히 조각을 보는 것 같다.

오똑한 이마와 조그마한 얼굴에 높은 코며 입술이며.

이러니 저런 변태들이 들러붙지.

아니야. 대체 무슨 생각을 하는 거야. 이래서야 저런 놈들과 다를 게 없잖아.

"저 선배님."

연아가 고개를 돌렸다.

김주호는 연아에게 눈을 떼고 급히 앞으로 시선을 돌렸다.

"어 왜?"

"오늘 저희 집에서 주무시는 거예요?"

"왜 싫어?"

"아, 아니요. 그런 건 아니에요."

"걱정하지 마. 체육관에서 잘 생각이었으니까."

"아니에요. 안 그러셔도 돼요."

"내가 불편하다고. 근데 넌 주말에만 알바 해?"

"네."

"힘들겠네."

"괜찮아요."

연아가 밝게 웃으며 말했다.

웃는 게 예쁘다.

나 왜러지 정말.

미쳤나 썅.

"혼자 오셨어요?"

"그럼 누구랑 와."

"아, 정우 선배님이랑 친구시니까. 같이 오셨나 해서······."

"잠깐 그러고 보니까 체육관에서 혼자 자기에는 뭔가 좀 그렇네."

김주호는 피식 웃으며 전화기를 꺼내 정우에게 전화를 걸었다.

잠시 후, 정우가 전화를 받았다.

– 왜?

"꼭 무슨 일이 있어야 전화 하냐."

– 용건이 뭐야.

"안 바쁘면 체육관으로 나와라. 나 일일 가출했다."

– 지겹지도 않냐 너는.

"나와라. 심심하니까."

뚜우–

전화가 끊어졌다.

"······."

"안 오신대요?"

"진짜 의리라고는 10원어치도 없는 새끼."

김주호는 신경질적으로 전화 배터리를 분리했다.

"정우 선배님 오신대요?"

연아가 조심스럽게 재차 물었다.

"안 온대. 망할 놈의 새끼. 넌 몇 번을 묻냐?"

"많이 늦었으니까. 나오시긴 힘드시겠죠."

"이 자식 이거 언제 나한테 부탁하기만 해봐."

김주호가 벼르듯이 말했다.

연아가 풉 하고 웃었다.

"야 웃기냐?"

"네? 죄, 죄송합니다."

연아의 목이 자라처럼 쑥 들어갔다.

"뭐 어디서 웃긴 거야? 내가 웃기냐?"

"아니에요."

"근데?"

"좀 다르셔서."

"다르다고? 뭐가?"

"무서운 분이신줄 알았는데 아니어서요."

"너 내가 안 무서워?"

김주호가 의류 가게 유리창을 보며 얼굴을 확인했다.

카리스마를 잃었나.

이정우 때문인가.

"소문이 심해서……."

김주호가 알겠다는 듯이 작게 웃었다.

"너같이 조용한 1학년 여자애들도 그런 걸 다 아냐."

"왜 그런 소문이 났는지 모르겠을 정도로. 좋은 분 같아
요 선배님은."

김주호의 눈빛이 흔들렸다.

마치 저격을 당한 것만 같은 기분이다.

마음속에서 거부감이 올라온다.

그리고 과거의 기억이 머리를 스쳐 지나갔다.

지독하게 살아왔던 어두운 과거가.

김주호는 그늘진 얼굴로 걷는 속도를 올렸다.

연아는 앞장서서 빠르게 걸어가는 김주호의 뒷모습을
보다가 다시 걸음을 옮겼다.

NEO MODERN FANTASY STORY & ADVENTURE

제 5 화

먹구름

제 5 화
먹구름

I

지하로 보이는 어두운 사무실.

두껍게 콧수염을 기른 중년 남자가 의자에서 일어났
다.

손이 묶인 체 바닥에 무릎을 꿇고 있던 남자가 두려움에
질린 얼굴로 고개를 들었다.

"대표님. 민 대표님! 살려주십시오. 살려주십시오."

남자의 눈에서 눈물이 떨어져 내렸다.

그의 눈빛은 절박했으나 민 대표라 불리운 중년 남자의
눈은 싸늘했다.

민 대표가 두껍게 살 찐 손으로 세수를 하듯이 얼굴을 쓸었다.

"몇 번이나 얘기했는데도 불구하고."

민 대표의 반쯤 흐리멍덩한 눈빛이 끓어앉은 남자의 눈으로 향했다.

"희망을 찾는구나. 너희들은……."

"다시는. 다시는 도망치지 않겠습니다. 다시는요. 제발 목숨만은……."

남자가 고개를 숙이며 흐느꼈다.

민 대표가 대마초를 입에 물었다.

"아직도 네가 나를 잘 모르는구나."

민 대표가 연기를 내뱉으면서 악마같이 웃었다.

"너는 내게 목숨을 구걸할 게 아니라 고통 없이 죽여 달라고 빌어야 해."

남자가 정신이 나갈 것 같은 얼굴로 온몸을 벌벌 떨었다.

민 대표가 눈을 지그시 감았다.

"나도 마음이 모진 사람은 아니야. 단지 본보기를 보이려면 어쩔 수가 없는 일이라 그런 거지."

남자가 서럽게 울기 시작했다.

민 대표는 울고 있는 남자를 보며 얼굴을 일그러트렸다.

"살 수 있는 방법이 영 없는 건 아니야."

남자가 거짓말처럼 울음을 뚝 그쳤다.

"그게 뭡니까? 무슨 짓이든 하겠습니다. 살려만 주신다
면!"

"어려운 건 아니야."

민 대표가 사진 한 장을 꺼내 던졌다.

남자의 무릎 앞으로 사진이 떨어졌다.

"지워라."

민 대표가 일말의 감정도 들어있지 않은 목소리로 말했
다.

남자의 눈빛이 흔들리는 걸 보고 민 대표가 낄낄 거리며
웃었다.

"싫으면……."

"하겠습니다! 반드시 해내겠습니다."

"기한은 3일. 보내기 전에 네 몸에 위치 추적기를 수술
해 넣어 둘 거야. 실패는 용납하지 않는다. 그리고 만에 하
나 자살을 선택한다면."

민 대표의 눈빛이 시커멓게 물들었다.

"네 가족들은 온갖 고문 속에서 죽어가게 될 거야."

민 대표가 하얗게 웃었다.

남자가 공포에 떨다가 결의를 굳힌 얼굴로 고개를 끄덕
였다.

"맡겨주십시오."

민 대표가 손을 휘저었다.

"데리고 나가."

건장한 체격의 경호원들이 남자를 데리고 사무실을 나갔다.

따르릉!

사무실 전화가 울렸다.

민 대표가 수화기를 들었다.

"무슨 일이야?"

전화 내용을 들은 민 대표의 입가에 가느다란 미소가 그려졌다.

◆◆◆

강력부 검사실 문을 열고 계장이 다급하게 들어왔다.

"최 검사님."

"왜?"

성인 잡지를 보고 있던 최 검사는 여전히 잡지에서 시선을 떼지 않으며 되물었다.

"드디어 꼬리 잡았습니다."

최 검사가 껌을 꺼내 입에 넣으면서 잡지를 덮었다.

며칠 전부터 몸이 뻐근하다.

기지개를 폈다.

"아이고 아이고 죽겠다!"

"검사님!"

"시끄러 인마."

최 검사는 껌을 씹으면서 일어나 창밖을 확인 했다.

햇빛이 쨍쨍하다.

"날씨 더럽게 좋네."

최 검사는 목을 어루만지며 보고를 올린 계장의 어깨를 툭 잡았다.

"배고프다 밥 먹으러 가자."

한숨을 쉬는 젊은 수사관 부하를 데리고 나와 서울지검 바깥 근처 식당에 도착했다.

오래된 국밥집이다.

벽에는 야한 사진으로 제작된 달력이 걸려 있다.

"돼지국밥 2개요."

최 검사가 주문을 하면서 자리에 앉았다.

계장은 탐탁지 않은 표정으로 마주 앉았다.

"돼지국밥 별론데……"

계장이 넌덜머리나는 듯 고개를 설레설레 저었다.

"네가 살래?"

최 검사가 티슈를 뽑아 껌을 뱉으며 물었다.

"잘 먹겠습니다."

계장이 깍듯하게 고개를 숙였다.

최 검사는 주변을 살폈다.

3시다.

시간이 시간이니만큼 손님이 없었다.

"아까 보고하던 거 계속해봐."

계장이 음식을 준비하는 아주머니를 한 번 흘겨본 뒤에 말을 꺼냈다.

"사건의 발단부터 다시 말씀 드리겠습니다."

최 검사가 물로 입을 행구며 고개를 끄덕였다.

"검찰청으로 전화가 한 통 걸려왔었습니다. 사채업자에게 빚을 졌는데 갚을 능력이 없어 보이자 도박판에 자신을 밀어 넣었답니다."

"사설 격투기 도박 건이지?"

"예. 10경기를 치루고 나면 이자를 탕감해주고. 20경기를 치루고 나면 빚 전액을 탕감해준다는 조건이었죠."

"거기까진 알아. 계속해봐."

"그리고 전화가 끊어졌었죠. 헌데 방금 전에 다시 전화가 걸려 왔습니다."

최 검사의 눈에 흥미가 돌았다.

"뭐라디?"

계장의 얼굴이 무거워졌다.

"이 경기가 보통 격투기가 아닙니다."

"무규칙?"

"더 심합니다."

"무규칙 이상이랄게……."

최 검사의 안색이 굳어졌다.

계장이 고개를 끄덕였다.

"2라운드부터는 무기를 지급한답니다. 사망자가 속출하고 있는 실정이라더군요."

"미친 새끼들."

최 검사가 혀를 찼다.

"식사 나왔습니다."

주인아주머니가 음식을 올리고 물러갔다.

"밥 맛 떨어지네. 썅."

"식사 끝나고 얘기할까요?"

"됐어. 계속해."

"전화 걸어온 이놈이 열아홉 경기를 모두 이기고 한 경기를 남겨두고 있을 때 우연히 얘기를 흘려들었답니다."

"무슨 얘기?"

"20경기를 모두 치루고 살아남는다면 장기를 꺼낼 거라고 들었답니다."

입에 국밥을 넣으려던 최 검사가 다시 숟가락을 내려놓았다.

"근데 그 새끼는 어디에 뭐, 감금되어 있는 거야?"

"경기는 1층에서 열리고 선수들은 지하나 3층에 감금된답니다."

"근데 어떻게 전화를 해?"

"탈출 했답니다."

"신분은?"

계장이 고개를 저었다.

"말 안하더군요."

"도박장 위치는?"

"안양입니다."

"정확한 위치 받은 거야?"

"예. 그런데 장소가 매번 바뀐답니다."

"그래도 아마 크게 벗어난 위치는 아닐 거야. 걘 그럼 쫓기고 있는 거야? 보호 신청은?"

"검찰이 놈들을 잡을 때까지 꼼짝없이 숨어 지내겠답니다. 일이 붉어지면 피라미 하나 잡자고 사람 풀 여유도 없을 테고. 여러모로 살길을 모색하는 것 같은데 깜빵은 또 싫은 모양입니다."

"대가리는 누구래?"

"민 대표라고 불린답니다. 신분 확인은 아직 어렵습니다."

"도박장 출입자들 정보는?"

"전화를 걸어온 사람 말로는 대부분 VIP만 선정한 것 같았습니다만은 그래도 꽤 인원이 컸답니다. 한 100명은 족히 돼 보였답니다."

최 검사가 기가찬 듯 웃었다.

"VIP같은 소리하고 있네. 돈 있으면 검열하고 대충 받을 거야. 게살구 이쁘장하게 치장하는 거지. 그런데 소수만 돼도 큰돈이 오가는 데 100이면 대체 한 판에 얼마가 오가는 거야? 시발 쉽게도 벌어먹고 사네."

"어쩌죠?"

"어쩌긴 뭘 어째 밥부터 말아 먹어."

국밥을 퍼먹은 최 검사가 짜증을 팍 냈다.

"다 식었네."

"저 검사님."

"왜?"

"저기 그 뭐 밖에서는 상관이 없는데. 검사실 안에서는 말 좀 가려서 해주십시오. 아무리 고등학교 후배라고 해도 엄연히 사회에서……."

"후배님."

"네?"

"살이나 좀 빼세요."

최 검사가 계장의 옆구리 살을 잡았다.

"뭐하시는 거예요!"

"그렇게 피둥피둥 살 찌우다가 중요한 순간에 도망가는 범

REVOLUTION 145

인 잡기나 하겠습니까? 후드려 터지지나 않으면 다행이지."

"검사님 전 체질적으로."

"강력부가 이게 뭐냐 이게. 체질이고 나발이고 살 좀 빼. 살 빼면 안팎으로 존중해줄 테니까."

"됐수다."

계장이 삐진 얼굴로 밥을 퍼먹었다.

하늘이 찌무룩하게 어둡다.

비가 내릴 거라고 했지만 아직까지 빗방울은 떨어지지 않는 것 같았다.

종례를 마치고 교실을 나설 때 김주호가 따라 붙었다.

"바로 체육관으로 갈 거지?"

김주호가 가방 지퍼를 닫으면서 물었다.

"계속 다닐 생각이야?"

"정신 수양이라도 할 겸. 나쁘지 않겠다 싶어서. 왜? 꼽냐?"

"공부하기에도 빠듯한 시간일 텐데."

"자꾸 공부 공부 하지 마라. 그렇지 않아도 밤마다 되지도 않는 책 들고 씨름하느라 죽을 지경이니까. 내 눈에 핏발 선 거 안 보여?"

정우는 그의 붉은 눈을 보면서 피식 웃었다.

학교 건물을 나와 교문으로 내려오면서 김주호가 하늘을 올려다 보았다.

"비가 오는 거냐 마는 거냐."

"어젠 그 시간에 왜 체육관에 오라고 한 거야?"

정우가 물었다.

"아, 별 거 아니야. 집이 좀 불편해서 나왔는데 마땅히 갈 만한 곳이 없더라고. 체육관 사무실에서 자는데 귀신 나올까봐 불도 못 끄고 잤다. 진짜 폐가라니까 얼마나 냉랭하고 서늘한지. 야 어차피 가는 방향 같으니까 차타고 가자. 조금만 가면 기사 대기 중이니까."

"필요 없어 난."

"어차피 같은 방향인데 뭐하러 사서 고생을 해."

"사서 고생이 아니라. 그게 편해."

김주호가 뱀눈으로 정우를 보며 혀를 찼다.

"똥꼬집 새끼. 그래 버스 타자 버스."

"넌 뭐하러 버스 타?"

"웃기잖아. 따로 가는 거."

"그게 뭐가 웃겨?"

김주호가 고개를 갸웃 거리며 정우를 쳐다보았다.

"넌 가만 보면 참 예리하고 무섭고 날카롭고 똑똑한 것 같은데 가끔 좀 모자라 보이는 거 아냐?"

정우가 엷게 웃었다.

"글쎄 난 잘 모르겠는데. 한 가지 알 수 있는 건."

"……?"

"네가 애정결핍증 환자라는 것 정도."

"뭐 인마?"

"버스 왔다."

정류장 앞에 버스가 오고 있었다.

"야! 이정우!"

정우가 뛰어가자 김주호가 정우를 부르며 뒤쫓아 갔다.

버스 안에는 자리가 많이 남아있었다.

정우가 자리에 앉자 김주호가 그 뒷자리에 앉았다.

"야 뭐? 내가 애정결핍이라고? 나 같이 자존감 높은 놈 있으면 나와 보라고 해."

정우가 약하게 고개를 저으며 창밖을 보았다.

"너 내 말 쌩까냐?"

"조용히 좀 가자."

"아니 그러니까 내가 어딜 봐서 애정결핍이냐고."

대답이 없는 정우를 보고 김주호가 정우의 얼굴 옆으로 고개를 바짝 내밀었다.

"너 내가 버스 따라 탔다고 그러는 거냐? 하하하!"

김주호가 과장되게 웃었다.

"야. 이건 그냥 심심해서 그런 거 뿐이야. 네가 괜히 오바해서 생각하는 거라고."

"알았으니까 좀 입 좀 닫아. 사람들 쳐다본다."

김주호는 뒤늦게 승객들이 모두 자신을 쳐다보고 있다는 걸 인지하고 고개를 뒤로 뺐다.

"넌 몇 시까지 할 거냐?"

"별로 딱히 정해 두진 않았어."

"나랑 게임 한 판 할래?"

"싫다."

"들어보지도 않고 싫다 그러냐 이 재미없는 놈아?"

정우가 창밖을 보며 진지한 얼굴로 고개를 끄덕였다.

"그래 싫다."

"아니 인생을 좀 재미있게 살아봐. 어차피 우리 가서 트레이닝 할 거 아니야. 똑같이 훈련해서 먼저 휴식하는 놈이 지는 거야. 어때? 재밌겠지?"

김주호가 열정이 가득한 얼굴로 물었다.

"아니."

"너 일부러 그러는 거지. 뭐 말만 하면 싫다 그러냐? 야 조건이 붙잖아. 소원 들어주기 어때? 너 시발 질까봐 그러지? 어? 내가 참담한 소원을 빌었을 때 그 비참함을 맛보기 싫어서 그러는 거 아니야. 그렇지? 그런 거면 패배를 시인해."

"그렇게 유치하게 사는 거 안 피곤하냐 넌."

"인생이란 게 원래 유치한 법이야. 무서우면 피하던가."

"똥이 무서워서 피하냐."

정우가 정차버튼을 누르며 일어났다.

"뭐 똥? 너 뒤질래 진짜. 나랑 스파링 한 번 하자."

"그럴까?"

정우가 창밖을 보며 진지한 어조로 말을 흘리자 김주호가 기침을 했다.

"지금 말고. 내가 오늘은 컨디션이 별로라."

정우가 김주호를 보며 웃었다.

버스가 정차하고 뒷문이 열렸다.

버스에서 내렸을 때 빗방울이 한두 방울 씩 떨어지는 게 느껴졌다.

결국 비가 온다.

빗방울이 점점 굵어지고 떨어지는 속도도 점점 빨라졌다.

미리 우산을 챙겨 놓았었다.

가방 안에서 3단 접이 우산을 꺼냈다.

"같이 좀 쓰자."

김주호가 옆으로 붙어왔다.

쫘악!

우산을 펼쳐 체육관을 향해 걸어갔다.

김주호가 우산 안으로 들어오려고 애를 썼다.

"야! 같이 좀 쓰자고. 치사하게 우산 가지고 진짜 샹."

빠른 걸음으로 걸어가는 정우를 향해 김주호가 어정쩡한 자세로 따라 붙으면서 목청을 높였다.

Ⅱ

체육관에 도착하자 눈에 익은 얼굴이 보였다.

어제 저녁 체육관 앞에서 시비가 붙었던 예의없는 체육관 코치다.

"왔구나. 어서 와."

코치가 웃는 얼굴로 다가와 악수를 청해왔다.

"무슨 일로 오셨습니까?"

정우가 우산을 세워 놓으면서 물었다.

악수를 무시당하자 코치는 조금 무안한 지 헛웃음을 흘리며 손을 거두었다.

"잠깐 얘기 좀 하지."

코치가 눈치를 주었다.

뒤에서 구경하던 김주호는 코치를 잠깐 노려보다가 탈의실로 들어갔다.

"여기서 말씀하십시오."

"아니 식사는……."

"됐습니다. 용건만 말씀하십시오."

코치가 주먹으로 입을 가리며 헛기침을 했다.

"다름이 아니라, 내가 자네에게 제안을 좀 할 게 있어서 찾아 온 거야."

"말씀하세요."

"널 키우고 싶다. 넌 넘치는 재능이 있어. 내가 챔피언으로 만들어주마. 관장님이랑은 얘기가 끝났다. 네가 마음만 있다면 가능한 모든 것을 지원해줄 생각이다. 생활비도 지원이 돼."

"제안은 감사하지만 거절하겠습니다. 그 쪽으로 별로 관심 없습니다."

"그냥 썩히기엔 네 재능이 아까워."

"저는 별로 아깝다고 생각하지 않습니다. 좋은 선수 키우시길 바랍니다. 다시 찾아오지 마십시오."

정우는 가볍게 인사하고 탈의실로 향했다.

코치가 달려가 정우의 어깨를 잡아 세웠다.

"자 이거. 생각 바뀌면 연락해. 언제든지."

코치가 명함을 내밀었다.

정우는 고개를 끄덕이며 명함을 받았다.

코치는 아쉬운 얼굴로 정우를 보다가 무겁게 발길을 돌렸다.

코치가 나가는 걸 보고 김주호가 탈의실 안으로 따라 붙었다.

"뭐냐 쟤? 스카웃하는 것 같던데. 뭘 보고 찾아온 거야? 너 어디서 한 판 했냐?"

"그럴 일이 좀 있었다. 별 거 아니야."

"뭔데 그게. 길거리서 한 판 붙었어?"

"비슷해."

"그러니까 얘기를 해봐. 뭔데."

"바로 앞에 체육관 알지?"

김주호가 고개를 끄덕였다.

정우는 캐비넷을 열고 외투를 벗으면서 말을 이었다.

"우리 체육관 관장님을 욕 보길래."

"뭐?"

김주호의 얼굴이 일그러졌다.

"그래서?"

"가서 몇 마디 했더니, 한 판 붙자더라."

"그럼 뭐 거기서 바로 때려 눕힌 거야?"

"아니. 안에서 게임 한 판 하자길래 응해줬지."

"스파링?"

"응."

정우가 티셔츠를 벗었다.

군살 없이 단단하게 자리 잡은 근육을 보고 김주호가 몰래 감탄했다.

"어떻게 됐어?"

김주호가 저도 모르게 흘러나오려는 감탄을 숨기면서 물었다.

쿵!

정우가 옷을 다 갈아입고 캐비넷을 닫았다.

"1라운드 KO다."

정우가 빙긋 웃으면서 탈의실을 나왔다.

김주호가 강아지처럼 따라 나왔다.

"역시! 내가 약한 게 아니야. 네가 비상식적으로 강한 거지. 잠깐 그럼 그 코치가 그걸 보고 널 키우고 싶다고 했다는 거네?"

"그래."

"그럼 그렇지."

김주호가 속이 다 시원한 듯 밝아진 얼굴로 숨을 크게 쉬었다.

"내가 병신인 게 아니라 저 새끼가 이상하게 센 거였어."

"그래서 좋냐?"

정우가 웃으면서 말했다.

김주호가 조금 민망해진 얼굴로 정우의 시선을 피했다.

"시끄러 인마."

정우는 창가로 다가갔다.

자신이 올 때와 달리 비가 쏟아지듯 내리고 있었다.

"와아. 비 엄청 온다."

보건 선생 채아와 연아가 몸에 묻은 빗물을 털어내며 들어왔다.

의외다. 꽤나 열성적이다.

이런 궂은 날씨에도 체육관을 오다니.

"정우 안녕."

채아가 밝은 얼굴로 손을 흔들었다.

"안녕하세요."

연아도 뒤이어 인사를 해왔다.

정우는 가볍게 고개를 끄덕여 보였다.

"비오니까 파전에 막걸리 먹고 싶네. 연아야 우리 운동하고 나서 막걸리…… 아니 학생이라 안 되는구나. 파전 먹으러 갈까? 샘이 쏠게."

연아가 웃으며 고개를 끄덕였다.

"좋아요."

"맛있겠다. 그치?"

채아가 꺅꺅 거리며 탈의실로 향했다.

김주호는 그런 그녀를 보며 한심하다는 듯 혀를 찼다.

뒤따라 가던 연아가 주호에게 인사를 했다.

"안녕하세요 선배님."

주호의 얼굴이 살짝 빨갛게 물들었다.

"그래."

연아는 관장이 있는지 사무실을 확인했다.

"할아버지 어디 가셨어요?"

연아가 정우에게 물었다.

"글쎄. 오니까 문만 열려있고 없으시던데."

"죄송한데 체육관 좀 봐주시겠어요? 전 위에서 옷만 갈아입고 올게요."

연아가 옥상으로 나가려 할 때 유리 깨지는 소리가 났다.

정우는 소리가 난 곳으로 얼굴을 돌렸다.

김주호가 손에 들고 있던 머그컵을 깨트리고선 난감한 듯 머리를 긁고 있었다.

"다음에 잔 한 개 사올게."

문 앞에 멈춰선 연아에게 김주호가 뒷머리를 긁으며 말했다.

"괜찮아요. 놔두세요 제가 치울 게요."

"됐어."

연아가 빗자루와 쓰레받기를 들고 갔다.

"이리 줘."

"제가 할게요."

"달라니까. 넌 올라 가."

김주호가 빗자루와 쓰레받기를 뺏어 들었다.

"가라니까?"

김주호가 노려보자 그때서야 연아는 다시 옥상으로 올라갔다.

"아 이거 나무라서 잘 닦이지도 않겠네."

커피가 바닥에 흥건하게 엎어졌다.

김주호는 짜증담긴 혀를 차며 먼저 깨진 머그컵 조각부터 치워 나갔다.

쿠르릉!

하늘에서 천둥이 쳤다.

유리창이 번쩍하고 빛이 났다.

옷을 다 갈아입고 나온 채아가 손으로 양팔을 문질렀다.

"컵도 깨지고 천둥도 치고 좀 으스스하다. 무서워."

"귀신의 집 같은 이 체육관 때문이죠 뭐."

김주호가 밀대 걸레로 바닥을 닦으면서 말했다.

"넌 무슨 말을 그렇게 해. 난 좋기만 하구만."

"그건 좀 오바죠. 여기가 좋다고? 거짓말도 좀 성의 있게 하세요. 여기 바로 앞에 체육관만 해도 광이 번쩍번쩍 나던데."

"그럼 그 쪽으로 가서 하던가."

"네?"

김주호가 인상을 팍 쓰자 채아도 입을 꼭 다물고 미간을 찡그렸다.

"뭐! 노려보면 어쩔 건데. 이게 만날 어디 선생님을 째려 보고."

김주호는 비가 쏟아지는 창밖을 보며 다 죽어가듯 한숨을 푹푹 내쉬었다.

"에휴 에휴. 왜 이렇게 안 닦여 이건 또."

김주호가 힘을 주어 바닥을 북북 닦았다.

채아는 김주호를 한 차례 노려보곤 스트레칭을 하고 있는 정우에게로 걸어갔다.

"정우야. 나도 스트레칭 좀 알려줘."

정우는 스트레칭을 멈추고 상체 척추를 곧게 세웠다.

"같이 해요."

정우의 이 쪽으로 오라는 손짓에 채아가 웃는 얼굴로 옆에 달려가 섰다.

"처음부터 하죠. 이렇게 팔을 펴고……."

채아는 어색한 동작으로 정우를 보며 스트레칭을 따라 했다.

"무슨 비가 이렇게 많이 와."

최 검사가 차 안에서 창밖의 쏟아지는 비를 보며 불평을 뱉어냈다.

"가는 날이 장날이라지 않습니까."

통통한 체격의 계장이 이맛살을 찌푸렸다.

"보고 받은 데가 여기가 확실해?"

"예. 근데 뭐 주기적으로 장소가 바뀐다니까. 헛물 킬 가능성이 높죠."

"일단 차 돌려. 공장으로 들어가는 진입로에서 기다렸다가. 미행한다."

"알겠습니다."

계장이 악셀을 밟았다.

와이퍼가 빗물을 닦아냈다.

흙탕물을 지나 공장을 빠져나갈 때 백미러로 뒤따라 붙는 차 한 대가 보였다.

"저거 뭐야?"

최 검사가 백미러를 보며 말했다.

"글쎄요."

"외제차네. 느낌이 수상한데."

넓은 도로가로 나오자마자 외제차는 빠른 속도로 빠져나갔다.

빗물도 빗물이고 썬팅이 되어 있어 차 안의 얼굴을 확인할 수가 없었다.

"따라갈까요?"

계장이 물었다.

"됐어. 근처에 세워."

계장은 명령대로 공장으로 들어가는 길목 근처에 위치한 주차장에 차를 세웠다.

주차를 시키고 시동을 껐다.

"검사님 담배 한 대 태우겠습니다."

"좀 끊어라 인마."

"차라리 목숨을 끊어주십쇼."

"미친놈."

계장이 실실 웃으며 담배 한 가치를 입에 물었다.

창문을 살짝 열고 담배에 불을 붙였다.

"검사님 담배 끊은 지 얼마나 됐죠?"

"4년."

"참 독하십니다."

최 검사는 조용히 껌 하나를 꺼내 입에 넣고 씹었다.

"아니 근데 위치 알아내도 위장 잠입은 힘들 겁니다. 입구에서 표 받고 검열을 한다던데. 대놓고 영장 내고 수사하기에도 위험하고 어쩌실 겁니까?"

최 검사는 코를 훌쩍 마시면서 도로가에 지나가는 차들을 주시했다.

"너 이 짓거리 몇 년차냐?"

"어디보자. 아, 이제 한 5년 정도 됐죠."

"그 정도 짬밥이면 기본은 좀 해라."

"무슨 좋은 생각 있으세요."

계장이 눈을 빛내며 물었다.

"머리를 써야지."

"어떻게요?"

"생각 중이다."

계장이 고개를 돌리며 심드렁하게 코를 훌쩍였다.

"왔다."

최 검사가 전방을 매의 눈으로 보며 말했다.

계장이 긴장한 얼굴로 최 검사의 시선을 따라 붙었다.

수많은 차들이 주차장 앞 도로를 지나가고 있었다.

"바로 따라 붙을까요?"

계장이 물었다.

"시동 걸어."

엔진 소리가 울렸다.

차가 천천히 출발했다.

이어지는 차량의 뒤가 끊어졌을 때 조심스럽게 뒤를 밟기 시작했다.

NEO MODERN FANTASY STORY & ADVENTURE

제 6 회

사냥

제 6 화
사 냥

I

샌드백을 치고 있는 정우 뒤로 노인이 자리에 섰다.

"어떻게 하기로 했어?"

노인의 물음에 정우는 손을 멈추고 호흡을 편하게 쉬었
다.

턱 끝으로 땀이 연신 떨어져 내렸다.

"거절했습니다."

손등으로 땀을 훔치면서 대답했다.

노인이 엷은 웃음을 지었다.

"선수로는 관심 없는 거지?"

"네 아직까지는."

노인이 고개를 끄덕였다.

"그래. 당분간은 내가 가르쳐준 거 반복 연습하고. 궁금한 거 있으면 언제든지 물어보고."

"예. 감사합니다."

노인이 김주호를 보고 혀를 찼다.

운동 신경은 있는데 산만해서 집중력이 떨어진다.

가르쳐줘도 금세 몸에 베인 습관으로 돌아가 버리고 만다.

"허리가 너무 돌아가잖아. 중심 제대로 잡고."

김주호는 불량스러운 시선으로 노인을 보다가 다시 자세를 잡았다.

"발이 너무 굳어 있잖아. 유연하게 움직여야지. 스트레칭은 하고 있어?"

"예."

일전에 스트레칭을 시켜본 결과 의외로 유연했다.

문제는 집중력과 잘못된 습관에 있다.

"기본에 집중해. 양발을 어깨넓이로 벌리고 45도 각도 유지 하고. 항상 몸에 힘을 빼. 무게 중심 가운데에서 흐트러지지 않도록 유의하고."

"말처럼 쉬운 게 아니에요."

"그러니까 얘기했잖아. 처음엔 제자리 스텝에서 전후

스텝만 연습하는 게 낫다고. 노력과 시간 없이 얻어지는 건 없어."

"선수할 것도 아니고 뭘 그렇게 체계적으로 합니까."

"그럼 대충 배우고 어디 가서 얻어맞고 뻗던가."

"말을 해도 꼭."

"주먹은 살짝 쥐고 타격하는 순간 꽉 쥐는 거야. 거울 보면서 항상 자세 교정 훈련 게을리 하지 말고."

"알겠수다."

"이놈이."

노인이 손날로 김주호의 정수리를 내리쳤다.

"악! 손에 무슨 돌이 들었나. 아오……."

김주호가 통증이 가득한 얼굴로 정수리를 문질렀다.

"우리 이제 그만 하고 맛있는 거 먹으러 가요. 관장님. 오늘 제가 살게요. 같이 가실 거죠?"

분홍색 깔맞춤 트레이닝복의 채아가 수건으로 땀을 닦으며 노인에게 붙었다. 노인은 어느 누구에도 보이지 않던 자상한 미소를 머금었다.

"가야지. 막걸리 한 잔 할까?"

"비 오는 날엔 당연히 막걸리죠. 어린이들은 음료수나 마시라고 하고 관장님이랑 저랑 둘이 한 잔 해요."

"좋지."

채아가 헤헤 거리며 웃었다.

"그만들 정리하고 나가지."

"아! 이제 좀 발동 걸리려고 하는데."

김주호가 샌드백을 치면서 말했다.

"그럼 넌 계속 해. 체육관 열어 놓을 테니까."

"누구 좋으라고."

김주호가 노인을 째려본 뒤에 탈의실로 들어갔다.

"오늘은 바로 집으로 가는 거 아니니까. 집에 전화해야
할 사람은 미리 전화하고 씻을 사람은 우리 집에 올라가서
씻어."

"진짜요? 그럼 먼저 갔다 올 게요. 레이디 퍼스트!"

채아가 윙크를 날렸다.

김주호가 탈의실 문을 열어 고개를 빼꼼 내밀었다.

"영감. 화장실에 몰래 카메라 설치한 거 아니에요? 조심
하세요, 선생님."

김주호가 채아를 보며 말했다.

노인이 손에 들고 있던 시집을 집어던졌다.

김주호가 잽싸게 문을 닫았다.

시집은 탈의실 문을 맞고 바닥에 떨어졌다.

채아가 깔깔 거리며 웃었다.

"같이 올라가요 언니."

연아가 말했다.

"같이 씻게?"

"아, 아니요. 온수도 켜야 하고. 화장실 위치도 알려드려야 해서."

"뭘 그렇게 놀라. 같이 씻을 수도 있지."

"그래도 그건 좀⋯⋯. 전 그런 적이 없어서."

"농담이야. 가자. 출발!"

채아가 웃으며 연아의 손을 힘차게 잡아끌었다.

허름한 모텔에서 모자를 깊이 눌러쓴 남자가 나왔다.

그는 초조한 눈빛으로 사방을 훑었다.

제자리에서 주변을 샅샅이 확인한 후에 걸음을 옮겼다.

남자는 우산을 접고 구멍가게에 들렸다.

앉아서 장부를 정리하고 있던 늙은 여주인이 남자를 잠깐 보고 무성의하게 인사말을 했다.

"어서 오세요."

"저거 라이트로 하나 주세요."

주인이 볼펜을 놓고 담배를 꺼내 놓았다.

그는 담배 한 갑을 계산하고 가게를 나왔다.

비가 너무 많이 와서 그런지 동네가 한산하다.

남자는 우산을 펼치고 조심스럽게 걸음을 떼었다.

입이 바짝 마른다.

말라 부르튼 입술을 핥을 정신도 들지 않았다.

눈 밑은 시커멓게 그늘이 졌다.

이틀 동안 뜬 눈으로 지샜다.

체력적으로 한계가 느껴지고 있다.

그렇지만 긴장을 놓을 수가 없다.

지금 이 순간도 가끔씩 사람이 한 번씩 지나갈 때 마다 오금이 저린다.

비 때문인지 공포감은 더 크게 조성되는 것만 같다.

이미 강박증에 걸린 것 같다.

모텔 앞으로 돌아왔다.

50m도 안 되는 거리가 몇 키로나 되는 것처럼 느껴졌다.

모텔 안으로 들어와 엘리베이터 앞에 서면서 주머니를 뒤적였다.

만 원짜리 두 장.

차비만이 남았다.

이제 더는 버틸 수가 없다.

안전하고 편안한 밤은 오늘이 마지막이 될 거다.

목숨을 걸고 바다로 들어가야만 한다.

걸리면 끝장이다.

바다에 도착하기 전까지 반드시 갈매기의 시야에 잡혀선 안 된다.

등잔 밑이 어두울 때.

타겟을 밀어 넣어 주의를 다른 곳으로 끌었을 때.

소리 없이 사라져야 해.

– 1층입니다.

엘리베이터 문이 열렸다.

주머니에 손을 넣어 모텔 방 열쇠를 만지작거렸다.

생각만으로도 손에 땀이 가득 맺혔다.

열쇠가 미끌미끌하게 만져졌다.

3층에 도착해 복도를 걸어 자신의 방으로 걸어갔다.

카펫이 깔려 있는 복도를 걷자 발자국 소리가 두텁게 울린다.

얼른 방으로 들어가 담배를 태우고 싶다.

누군가 뱃속을 벅벅 긁는 것만 같다.

자신의 방 309호 앞에 도착했다.

열쇠로 문을 열고 들어가 문을 잠금과 동시에 품 안에서 다급히 담배를 꺼냈다.

담배를 입에 물고 라이터에 불을 붙이려던 남자는 동작을 멈췄다.

화장실 문이 반쯤 열려 있다.

결정적으로 불이 켜져 있다.

분명히 자신의 기억으로는 나오기 전에 소변을 보고 불을 껐다.

기억에 있다.

그렇다면 왜?

온몸이 가늘게 떨려 왔다.

침이 따갑게 목을 넘어갔다.

최대한 소리 나지 않도록 주의하면서 뒷걸음질을 쳤다. 신발장이라 무기가 될 만한 게 없다. 그리고 설령 무기가 있다고 해도 답이 없다.

나는 지쳤고 놈들은 목숨을 건다.

자신 역시 목숨을 담보로 저지른 일이다.

후회는 없지만 두려움이 뇌를 무자비하게 자극해 왔다.

발이 쉽사리 떨어지질 않는다.

손잡이를 향해 천천히 손을 뻗었다.

철컥!

문을 다시 열었을 때 화장실 안에서 마스크에 모자를 쓴 남자가 튀어 나왔다.

그는 전력질주로 계단으로 달려갔다.

심장이 타들어가는 것 같았다.

달려가다가 계단 밑으로 뛰어 내렸다.

발을 헛디뎌 그만 바닥을 구르고 말았다.

통증을 꾹 참고 일어나 다시 계단 밑으로 뛰어 내려갔다.

뒤쫓아 오는 소리가 들리지 않아 뒤를 돌아보았다.

소리가 들리지 않는다.

엘리베이터?

서둘러 절뚝거리며 1층으로 내려왔다.

굵은 침을 삼키며 모텔을 나왔다.

남자는 비를 맞으며 골목 사이로 뛰어갔다.

◇◇◇

체육관 인근에 위치한 막걸리 전문점에 도착했다.

창가에 자리를 잡았다.

전통적인 느낌이 가득한 술집이다.

천장에는 호박을 테마로 만든 등이 걸려 있다. 가게 중앙에는 크지도 작지도 않은 적당한 크기의 조선시대 그림이 세워져 있다.

분위기 있는 술집에 창밖으로 쏟아지는 비는 환상적인 궁합을 자아냈다.

"일단 해물파전에 막걸리. 학생들은 음료수. 괜찮죠?"

"좋지."

채아가 호출 버튼을 눌렀다.

머리에 수건을 둘러 묶은 젊은 종업원이 주문을 받으러 왔다.

"뭐 드릴까요?"

종업원이 물었다.

"해물파전이랑 막걸리 2개 주세요. 콜라랑 사이다도 하나씩 주세요."

"신분증 확인 좀 할게요."

채아가 교사 신분증을 꺼내 보였다.

"저희 학교 애들이에요. 술은 어른 두 명만 먹을 거니까 걱정 안 하셔도 돼요."

"잠시만요."

사장에게 얘기를 물어보고 돌아온 종업원이 테이블에 물과 플라스틱 컵을 올려놓고 메뉴판을 회수했다.

"해물파전에 막걸리 2개 맞으시죠?"

"네."

"오늘 손님이 많아서 길게는 한 20분 정도 걸리세요. 괜찮으세요?"

"네 괜찮아요."

종업원이 물러갔다.

"아주 똑 부러지네."

노인의 칭찬에 이어 김주호가 말을 붙였다.

"요즘 힘이 넘치시네요."

"그런가?"

채아가 모르겠다는 듯 고개를 갸웃 거리며 웃었다.

"보기 좋다는 거지?"

김주호가 피식 웃었다.

"글쎄요."

"선생님한테 어디서 예의 없이."

노인이 눈을 부라렸다.

"먹기도 전에 체하겠네."

김주호가 옆에 앉은 정우를 쳐다봤다.

비 오는 창밖을 보고 있었다.

"뭘 그렇게 봐?"

김주호가 물었다.

"그냥."

"낭만파구만 아주. 아 근데 우리도 술 좀 마시면 안 돼요? 고3이면 다 컸는데."

노인이 '스읍!' 하고 바람을 마셨다.

"몰래 처먹기만 해봐. 오늘 같이 비 오는 날 네 몸에서 먼지를 볼 수 있을 테니까."

"알았어요. 전생에 나랑 웬수를 졌나 왜 이래 정말."

김주호가 말하면서 일어났다.

"어디가?"

채아가 물었다.

"통화 좀 하러요."

김주호는 가게 밖으로 나왔다.

처마를 타고 빗물이 떨어지는 소리가 시원하게 났다.

담배 한 가치를 꺼내 입에 물었다.

변했다.

변해도 너무 변했다.

지난 과거가 모두 거짓말처럼 느껴진다.

눈만 뜨면 주먹을 휘두르고 아이들을 괴롭히고 돌이켜 보면 어떻게 하면 더 어긋날 수 있을지만 생각했던 때였던 것 같다.

김주호는 슬쩍 고개를 내밀어 창가에 비치는 사람들을 쳐다보았다.

무슨 생각을 하고 있는지 알 수 없는 눈길로 창밖을 보고 있는 정우가 보인다.

그리고 그 반대편에 앉은 연아.

옥상에서 웃고 떠들며 삼겹살을 먹은 기억이 떠올랐다.

김주호는 담배 연기를 뿜어내며 쓴웃음을 지었다.

인생이란 정말이지 한 치 앞을 내다볼 수 없다는 걸 실감하게 된다.

어머니의 얼굴이 떠올랐다. 그리고 거기 위로 오버랩 되는 아버지의 얼굴.

절로 주먹에 힘이 들어갔다.

지난 날엔 몰랐지만 아마도 마음 속 숨겨진 그늘 아래에서 늘 생각했었던 것 같다.

자신이 원하는 건 큰 게 아니라는 것을.

아주 사소한 것.

작은 것이 가장 중요하다고.

그런 자신의 바람과 달리 그는 가족 같은 건 안중에도 없다.

그런 것 까진 참을 수 있다.

어느 가정이나 그 정도 갈등도 없을까.

문제는 정상이 아니라는 거다.

악마가 있다면 아버지일 거라고 생각했다.

오래전 그날부터 머릿속에 박힌 인식이다.

눈을 감고 답답한 한숨을 담배 연기와 함께 흘려보냈다.

다 태운 담배를 끄고 가게로 돌아가려던 김주호는 웬 빗속을 뚫고 달려가는 남자를 보고 눈을 고정 시켰다.

달려가는 남자 뒤로 모자를 쓴 남자가 뒤쫓아 간다.

쫓기던 남자가 골목길로 들어갔다.

골목길 앞에 멈춰선 추격자가 골목 앞에서 멈춰 섰다.

추격자의 등이 보였다.

그는 고개를 살짝 들었다.

그리고 여유 있는 걸음으로 골목길 안으로 걸어 들어갔다.

그의 모습이 눈에서 사라지기 직전 추격자는 팔을 들었다. 품안에서 무언가를 꺼냈다.

김주호는 분명하게 보았다.

칼이다.

온몸의 신경이 딱딱하게 굳어지는 게 느껴졌다.

떠올리고 싶지 않은 기억이 스쳐 지나갔다.

김주호는 아랫입술을 꽉 깨물며 골목길을 향해 뛰어 들어갔다.

칼을 들고 있는 추격자의 뒷모습이 보였다.

그 앞으로 쫓기던 남자가 피투성이가 된 몸으로 쓰러져 있었다.

추격자가 김주호를 돌아봤다.

얼음장 같은 그의 눈과 마주쳤다.

뒤늦게 후회가 밀려들었다.

어쩌자고 쫓아 온 걸까.

죽는 건 아닐까?

김주호는 눈을 부릅뜨고 주먹을 꽉 쥐었다.

난 김주호다.

야생에서 살아왔다고 자부한다.

네깟 놈에게 겁먹을 쏘냐.

생각과 달리 몸은 쉽사리 움직여지지 않는다.

추격자가 벽 쪽으로 몸을 돌렸다.

막다른 길이다.

추격자가 벽을 향해 뛰었다.

공중으로 뛰어 오른 그는 벽을 한 발로 차고 3m는 훌쩍 넘어보이는 벽 끝으로 손을 뻗었다.

벽 난간을 잡은 남자가 엄청난 근력으로 벽을 넘어 달아났다.

눈 깜짝할 사이에 사라졌다.

김주호는 가빠진 숨을 내쉬며 쓰러진 남자에게로 다가갔다.

손을 내밀어 목 경동맥을 만졌다.

맥박이 뛰질 않는다.

"주, 죽었어!"

김주호는 헛바람을 삼키며 뒤로 몸을 뺐다.

엉덩방아를 찧자 빗물이 스며들었지만 전혀 인지하지 못했다.

태어나 처음으로 본 시체였다.

잠깐의 공황 상태를 잇다가 휴대 전화를 꺼냈다.

잠금장치를 해제하고 긴급으로 112 버튼을 누르려 할 때 손수건이 입을 가렸다.

반사적으로 숨을 참으며 손목을 쳐냈다.

몸을 돌리는 그 순간 상대의 주먹이 김주호의 턱을 후려갈겼다.

바닥으로 엎어진 김주호를 향해 남자가 발을 휘둘렀다. 팔을 11자로 세우며 발차기를 막아낸 뒤 상대의 옷을 잡아당기며 일어났다.

중심이 흔들린 남자를 향해 주먹을 날렸다.

그는 주먹을 피하며 김주호의 멱살을 잡아 벽으로 밀쳤다.

남자가 주먹으로 김주호의 턱을 올려치고 안면에 주먹을 때려 넣었다.

김주호가 비틀 거리며 바닥에 한 쪽 무릎을 꿇었다.

남자가 김주호의 배를 걷어찼다.

김주호가 배를 붙잡고 바닥에 쓰러졌다.

남자가 손수건에 다시 약을 묻혀 김주호의 코와 입을 틀어막았다.

순식간에 눈앞이 아득해졌다.

쓰러진 김주호 위로 마스크를 쓴 남자가 어디론가 전화를 걸었다.

"접니다."

– 어떻게 됐어?

두툼한 목소리였다.

"처리했습니다만 목격자가 생겼습니다. 아직 고등학생으로 보입니다. 타겟과 연관성은 없는 것 같습니다."

– 놓쳤나?

"잡았습니다."

– 일단 끌고 와.

"예."

남자가 전화를 끊고 문자를 보냈다.

1분도 채 안 돼서 봉고차 한 대가 골목 앞에 도착했다.

봉고차에서 모자를 깊게 눌러쓴 남자들 세 명이 내렸다.

그들은 시체와 의식을 잃은 김주호를 질질 끌어가 봉고차로 실었다.

◆◆◆

"어떡하죠?"

계장이 긴장한 얼굴로 물었다.

"뭘 어떡해. 자연스럽게 따라 붙어."

계장이 입으로 바람을 훅 불며 공장 안으로 진입하고 있는 차들 사이로 주행을 계속했다.

공장 앞 주차장으로 진입했다.

덩치 큰 주차 요원들이 야광봉을 흔들었다.

차를 주차시킨 계장이 상관의 눈치를 살폈다.

최 검사는 부리부리한 눈으로 공장 입구를 주시했다.

"땡 잡았네."

최 검사의 입가가 미소로 진하게 번졌다.

휴대폰을 꺼내 사진을 찍고 있는 그를 보며 계장은 마른 입술을 손으로 매만졌다.

"증거는 둘 째 치고 살아 돌아갈 수 있을까요."

"야 그냥 빠져. 시끄럽게 하지 말고."

"검사님은 겁 안 나요?"

"용기란 두려움이 없는 것이 아니라 다른 무엇이 두려움보다 더 중요하다고 판단한 것일 뿐이다. 앰브로즈 레드문."

"용기를 가지되 허세는 부리지 말라. 메난드로스."

최 검사가 계장을 째려보았다.

계장은 시선을 돌리며 헛기침을 했다.

그 때, 야광봉을 든 남자가 의심이 서린 눈으로 다가오고 있었다.

"벌써 들킨 거 같은데요."

계장이 굳은 목소리로 말했다.

우비를 입은 공장 주차요원이 썬팅이 된 창문에 얼굴을 가까이 가져다 대며 창문을 두드려왔다.

보조석에 앉은 최 검사가 창문을 내렸다.

빗물이 가득한 커다란 얼굴이 보인다.

"어디서 오셨습니까?"

주차 요원이 냉랭한 어조로 물었다.

최 검사는 품 안에서 현금 백만원 짜리 다발을 꺼냈다.

"소문 듣고 찾아왔수다. 소개 좀 시켜주쇼."

주차요원이 돈과 최 검사를 번갈아 쳐다보았다.

그는 주변을 한 차례 살펴본 뒤, 돈을 상의 안쪽 주머니에 넣었다.

"지금 없으면 출입 불가 합니다."

주차요원이 상의 지퍼를 닫으며 말했다.

"최소 배팅이 얼마요?"

"1억."

최 검사가 고개를 끄덕였다.

"돈은 걱정 말고 출입증이나 좀 끊어주쇼."

주차요원이 티켓 하나를 빼서 차 안으로 던져 넣었다.

영화표처럼 생긴 티켓이었다.

"2명인데?"

"그거 하나면 둘이고 셋이고 상관없습니다."

주차 요원이 몸을 돌려 다른 차들을 관리하기 시작했다.

최 검사는 녹음기를 끄고 녹음 파일을 정리했다.

"이야 역시 베테랑. 일이 쭉쭉 풀리는데요?"

"아차 하는 순간에 목 날아간다. 집중해."

"이렇게 큰 건에 개인적으로 움직이는 건 처음이라 긴
장되네요."

최 검사가 창문을 내려 단물이 빠진 검을 툭 내뱉었다.

"긴장할 거 없어. 이런 건 증거를 잡거나 죽거나. 둘 중
하나야."

"겁 좀 그만 주시죠. 가뜩이나 살 떨리는데."

"겁주는 게 아니라 사실이야. 살고 싶으면 정신 똑바로
차려."

최 검사가 우산을 들고 차에서 내렸다.

"트렁크 열어!"

최 검사가 밖에서 커다랗게 외쳤다.

"돈은 또 언제 준비했대. 역시 짬이 다르구만."

계장이 감탄하며 중얼거렸다.

트렁크 오픈 버튼을 눌렀다.

최 검사가 트렁크 안에서 샘소나이트 가방을 꺼냈다.

트렁크 닫히는 소리가 났다.

계장은 시동을 끄고 차에서 내렸다.

차들이 끊임없이 들어오고 있었다.

100여대에 가까운 차들이 주차되어 있는 걸 보고 계장은 혀를 내둘렀다.

"미리 미리 좀 말씀해 주세요. 심장 떨려 죽겠네 진짜."

"찡찡 거리지 마."

"괜찮겠죠?"

"글쎄."

최 검사와 계장이 나란히 출입문으로 걸어갔다.

쏟아지는 빗물 사이로 출입구에서 티켓을 끊고 있던 사람이 늑대같은 눈으로 최 검사와 계장을 쳐다보았다.

"우리 꼬라 보는 거 맞죠?"

출입문으로 향하면서 계장의 눈빛이 흔들렸다.

최 검사는 거침없이 출입구를 향해 걸어갔다.

계장은 주변을 살피면서 최 검사를 뒤따랐다.

입구 앞에 도착한 최 검사가 조금 무거운 표정으로 티켓을 건넸다.

파란 눈의 외국인이다.

체격은 퉁퉁하니 100kg은 훌쩍 넘어 보였다. 뚱뚱해 보이진 않았다.

어깨도 넓고 근육질로 보인다.

손등에는 어두운 느낌의 타투가 짙게 새겨져 있다.

외국인이 티켓 끝에 점선으로 되어 있는 부분을 끊어 돌려주면서 위아래로 스캔했다.

최 검사는 티켓을 받고 외국인의 강렬한 시선을 무시하며 계장과 함께 안으로 들어갔다.

들어가자마자 커다란 브라운 전광판이 보였다.

격투 영상이 나오고 있었다.

조악한 환경일거라는 예상과 달리 고급스럽고 화려하다. 덤덤한 최 검사와 달리 계장은 휘둥그레진 눈으로 실내를 훑어보았다.

"입 닫아라. 파리 들어가겠다."

계장이 머쓱해하며 벌어진 입을 다물었다.

"촬영할까요?"

계장이 귓속말을 했다.

"아직. 놈들이 주시하고 있을 수도 있어. 오늘은 게임만

하고 돌아가자."

"게임을 한다구요?"

계장이 놀란 얼굴로 되물었다.

"의심하지 않게 만들어야 하니까."

"저 쪽으로 가는 사람들은 뭘까요?"

최 검사가 가방을 들어 보였다.

"배팅이겠지."

계장이 감탄한 얼굴로 고개를 끄덕였다.

"과연."

입장한 관객들은 두 방향으로 갈라지고 있었다.

한 쪽은 객석으로 앉았고 다른 사람들은 2층으로 올라

가고 있었다.

2층에는 천막으로 가려져 있었다.

"올라가보자."

최 검사가 앞장섰다.

계장이 옆으로 바짝 붙어서 걸었다.

2층 계단으로 가면서 무대를 흘겨봤다.

8각 케이지 링이다.

천장에는 나무로 된 커다란 박스가 매달려 있었다.

"저기서 무기가 떨어지나?"

계장이 중얼 거릴 때 뒤에서 누군가 배트를 휘둘렀다.

후두부를 얻어맞고 계장이 앞으로 고꾸라졌다.

최 검사는 즉각 머리를 숙이며 뒤를 돌았다.

어디서 나타났는지 뒤에서 배트로 대퇴부를 가격했다.

"아악!"

최 검사가 신음을 내뱉으며 몸의 중심이 완전히 흐트러졌다.

배트를 손에 든 남자들이 먹이를 발견한 굶주린 하이에나처럼 사방에서 최 검사와 계장을 향해 달려들었다.

Ⅱ

"앤 왜 이렇게 안 와? 벌써 전도 다 먹었는데."

채아가 창밖을 보며 혼잣말처럼 말했다.

"제가 한 번 나가보고 올게요."

정우가 일어섰다.

연아가 나갈 수 있도록 길을 비켜 주었다.

가게 밖으로 나온 정우는 주변을 살폈다.

어디로 갔는지 김주호가 보이질 않았다.

휴대폰을 꺼내 전화를 걸었다.

신호음이 가다가 중간에 끊어졌다.

정우는 한 번 더 근처를 살펴본 후에 가게로 돌아왔다.

"없어?"

채아가 물었다.

"네 전화도 안 받네요."

"말도 없이 어딜 간 거야."

채아는 막걸리를 먹고 얼굴이 조금 빨개져 있었다.

"괜찮아요?"

정우가 다소 걱정스러워 보이는 눈빛으로 그녀를 보며 물었다.

"누구. 나?"

채아가 검지로 자신을 가리켰다.

정우가 채아를 보며 미약하게 고개를 끄덕였다.

"멀쩡한데?"

그녀의 몸이 살짝 기울어 졌다가 오뚝이처럼 다시 제자리로 돌아왔다.

"안 괜찮은 거 같은데."

채아가 눈을 감으며 고개를 도리도리 저었다.

"하나도 안 취했어."

"아무래도 정우 네가 좀 데려다 줘야겠다."

노인이 딸꾹질을 하며 말했다.

"할아버지도 많이 마신 거 같은데. 이제 그만 먹어요."

비어있는 막걸리 페트만 6개다.

짧은 시간 사이에 많이도 먹었다.

"나 안 취했다니까."

채아가 커다란 소리로 말했다.

연아는 목을 안으로 넣으며 가게 눈치를 살폈다.

"알았어요 안 취했네. 그래도 시간이 좀 늦었으니까. 이제 그만 자리 정리하죠."

채아가 반쯤 흐릿한 눈으로 손목 시계를 확인했다.

"뭐야 9시 반 밖에 안 됐네. 관장님 더 달릴 수 있죠?"

"오늘은 이만 하는 게 좋을 것 같아."

채아가 '푸풉' 웃으며 노인의 옆구리를 찔렀다.

"관장님 힘들구나?"

노인이 웃으며 고개를 끄덕여 주었다.

"술이 이렇게 약해서야……" 라고 말하던 중간 채아는 눈을 감고 의자 등에 기대 잠들었다.

"아이고 취한다. 그나저나 진짜 이 자식은 얘기도 안 하고 어디로 간 거야."

"급한 일이 있나봐요. 나가시죠 바래다 드릴 게요."

"아니야 아니야. 요 앞인데 뭘. 나는 연아랑 가면 돼. 네가 선생님 좀 잘 챙겨."

"할아버지는 제가 모시고 가면 돼요."

연아가 말했다.

"그럼 우리 먼저 가네."

노인이 먼저 자리를 털고 일어났다.

"조심히 들어가세요. 연아야 잘 도착했으면 연락 줘."

연아의 얼굴이 빨개졌다.

"아 저 선배님 전화번호 모르는데……."

연아가 기어들어가는 목소리로 말했다.

"가입서에 번호 적어놓긴 했는데, 혹시 모르니까 휴대폰 줘봐."

연아가 부끄러워하며 오래된 휴대폰을 꺼냈다.

정우는 번호를 저장하고 연아에게 돌려주었다.

"연락해."

연아가 미소 지으며 고개를 끄덕였다.

노인이 계산대로 걸어갔다.

"계산하셨어요."

"응? 누가?"

"저기 잠드신 분이요."

종업원의 말에 노인이 채아를 돌아보며 피식 웃었다.

노인이 정우를 향해 손을 들어 보였다.

정우는 허리 숙여 인사했다.

그들이 나가고 난 뒤로 정우는 짧게 한숨 쉬며 잠들어 있는 채아를 돌아보았다.

업어 가도 모를 만큼 세상모르게 잠들어 있었다.

정우는 휴대전화로 콜택시를 불렀다.

택시가 올 동안 잠들어 있는 채아 반대편에 앉아 그녀를 보았다.

작은 미소를 입가에 걸고 잠들어 있다.

190

창밖으로 빗줄기가 약해지고 있는 게 보였다.

전화가 울렸다.

벌써 도착했나?

휴대폰을 보고 정우는 작게 웃었다.

"여보세요?"

– 저에요.

"알아."

– 잘 도착했다고. 말씀 드리려구요.

"그래. 관장님은 괜찮으셔?

– 네. 방금 잠드셨어요.

"잘 들어갔다니까 마음이 놓인다."

– 선생님은…….

"그대로야. 택시 불렀으니까 곧 들어갈 거야."

– 바래다주시는 거예요?

"택시 도착하면 깨워보고 안되겠다 싶으면 바래다줘야지."

– 오빠도. 집에 들어가게 되면 전화 주세요. 걱정돼서…….

"알았어."

– 네. 그럼.

전화를 끊었다.

"이정우."

정우는 채아의 목소리를 듣고 그녀의 얼굴을 보았다.

"이정우. 이정우."

잠꼬대를 하고 있다.

대체 무슨 꿈을 꾸는 건지…….

정우는 그녀의 얼굴을 응시했다.

웃다가 찡그리다가 다양한 변화를 보였다. 그래서일까 얼마나 시간이 흘렀는지 인지하지 못한 사이 어느새 콜택시 운전수에게서 전화가 왔다.

"선생님."

어깨를 흔들어보았지만 손을 쳐내며 더 깊이 자려는 듯 몸을 꿈틀거렸다.

한 쪽 팔을 목뒤로 두르고 옆구리를 잡아 일으켜 세웠다.

몸이 축 늘어진다.

자세가 좀 불편해서 정우는 그녀를 등에 업고 가게를 나왔다.

운전사가 택시 안에서 '빠앙!' 하고 클락션을 울렸다.

정우가 가까이 오자 운전사가 내려서 뒷문을 열어 주었다.

"감사합니다."

운전사는 가볍게 인사하면서 다시 운전석으로 돌아갔다.

정우는 채아를 먼저 태우고 나서 함께 뒷좌석에 올라 주소를 말했다.

"네. 출발합니다."

운전사가 밝고 경쾌하게 말하며 출발했다.

채아의 고개가 좌우로 흔들렸다. 정우는 그녀의 얼굴을 살며시 자신의 어깨에 얹었다.

채아의 집으로 가면서 김주호에게 연락 달라는 메시지 한 통을 보냈다. 휴대폰을 껐을 때 운전사가 백미러로 정우와 채아를 번갈아 보았다.

"여자친구가 엄청 미인이시네요."

"여자친구 아닙니다."

"아 그래요? 난 서로 너무 편해 보이길래."

"선생님입니다."

"선생님? 혹시 연기 학원?"

"아니요. 고등학교 보건 선생님입니다."

운전사의 눈빛에 당황한 기색이 스쳐 지나갔다.

"아니, 근데 어떻게 이 시간에……."

"같은 체육관에 다녀요. 회식 비슷한 게 있었는데. 술을 좀 많이 드셔서."

"아……. 고등학생이었구만."

운전사가 고개를 갸웃 거렸다.

"그러고 보니까 얼굴이 앳되보이는데. 내가 왜 그렇게 생각했지. 왠지 어른스러워서 학생이라고는 짐작도 못했네. 늙어서 눈이 침침해서 그런가. 하하하."

"으음."

채아가 부스럭 거리며 눈을 떴다.

"속은 좀 괜찮아요?"

정우가 채아를 보며 물었다.

채아는 기대고 있던 고개를 들었다.

"여기가 어디야?"

"택시에요. 선생님 집으로 가는 중이구요."

채아가 반쯤 감긴 눈으로 고개를 끄덕이곤 다시 정우의 어깨에 기대 다시 잠들었다.

"둘이 연인이라고 해도 믿겠어."

운전자가 백미러로 정우를 보며 음흉함과 장난기가 섞인 눈빛을 보냈다. 몰래 사귀고 있는 것 아니냐 하는 의심스러움마저 깃들어 있다.

정우는 대꾸 없이 창밖으로 시선을 돌렸다.

대교를 지나고 있는 중이다.

한강을 바라보았다.

어둠 속에 빛나는 야경을 보니 가슴이 시원해졌다. 하지만 이내 마음은 다시 다소 무거워졌다.

시간은 흐르고 있다.

어째서인지 헤매고 있다는 생각이 든다.

최근 들어 방향을 잃어버린 느낌.

감각이 죽어가는 것만 같은 느낌.

정우는 복잡한 심경으로 대교 너머로 보이는 한강을 바라보았다.

제 7 화
고리

I

김주호는 눈을 서서히 떴다.

어지럽던 시야가 점점 초점을 잡기 시작했다.

바닥이 쿵쿵 울리는 게 온 몸으로 느껴졌다.

음악 소리 같았다.

클럽인가?

눈을 질끈 감았다가 뜨며 침을 삼키자 목이 따가웠다.

몸을 일으키려던 김주호는 자신이 손과 발이 묶여있다는 사실을 뒤늦게 인지했다. 그리고 그제서야 왜 자신이 이런 지경이 됐는지 기억이 났다.

골목길에서 벌어진 살인.

그리고 납치.

김주호는 애벌레처럼 몸을 웅크렸다가 중심을 잡아 머리로 바닥을 밀며 무릎으로 바닥에 꿇어앉아 몸을 세웠다. 바로 코앞에 두 명의 남자가 자신과 같은 처리로 묶여 있었다.

그들은 아직 의식이 없어 보였다.

두 명 모두 정장 차림으로 30대는 훌쩍 넘어 보이는 나이였다.

"대체 여기가 어디야……"

김주호가 불안한 눈초리로 내부를 훑어봤다.

80평 정도 넓이의 텅 비어있는 창고였다.

김주호는 쓰러져 있는 사람들이 살아있는지 확인하기 위해 무릎으로 기어갔다. 묶여있는 손을 뻗어 남자의 코에 가져다 댔다.

숨이 흘러 나왔다.

살아있다.

몸을 꽉 쥐고 있던 긴장이 절반 정도는 풀리는 기분이 들었다.

김주호는 귀를 기울였다.

눈을 떴을 때부터 들었던 희미한 음악 소리가 언제부터인지 끊겼다.

쿵쿵 울리던 바닥도 이제는 잠잠하다.

손목을 내려다보았다.

대형 케이블 타이로 2개로 서로 엮어져 묶여 있다.

발목도 마찬가지다. 날카로운 것이 있다면 어떻게든 끊어낼 텐데 창문도 하나 없는 텅 빈 창고다.

높은 곳에 위치한, 돌아가지 않는 환풍기만 눈에 들어왔다.

김주호는 철문은 쳐다보았다.

굳이 가서 열어보지 않더라도 단단히 잠겨 있을 거라는 건 불을 보듯 뻔했다.

김주호는 쓰러져 있는 남자들 두 명을 잡아 흔들었다.

"이봐요. 이봐요!"

두 명의 남자가 눈을 스르륵 떴다. 그들은 눈을 뜨자마자 신음을 흘렸다. 그러고 보니 몸에 상처와 피멍이 가득했다. 이마에는 굳은 피딱지까지 묻어 있었다.

최 검사가 벌떡 머리를 들었고 뒤이어 계장이 고통스러운 듯 신음을 흘리며 바닥에 뒹굴었다.

"이런 쌍!"

최 검사가 묶인 손목을 흔들며 욕을 내뱉었다.

그는 김주호를 보고 이를 바득 갈았다.

"나도 같은 처지니까 그딴 식으로 쳐다보지 좀 말지?"

최 검사가 잠깐 머리를 굴리다가 계장을 돌아보았다.

"야 정신 차려. 괜찮아?"

계장이 앓는 소리를 내며 상체를 세웠다.

"안 괜찮은 것 같은데요."

최 검사는 눈썹을 들어 이마에 주름을 만들며 창고 내부를 살폈다.

"여긴 어디야 씨발."

계장이 힘없이 웃었다.

"검사님 당황하시는 모습 처음 보네요."

"웃음이 나오냐 이 미친 새끼야?"

"아이고 죽겠다."

계장이 노인네처럼 신음을 흘렸다.

"넌 왜 여기 있어?"

최 검사가 김주호를 보며 물었다.

"누가 칼을 들고 어떤 사람을 쫓아가길래. 위험해보여서 따라갔다가 이렇게."

김주호가 어깨를 으쓱 했다.

"그러는 당신들은?"

"검찰이다."

"역시."

김주호가 침을 꿀꺽 삼키며 최 검사와 계장을 번갈아 보았다.

"이거 인신매매범들 입니까?"

김주호가 물었다.

"아직은 확실히 몰라."

최 검사는 화난 얼굴로 닫혀 있는 문 쪽으로 기어갔다. 김주호는 그런 그를 긴장한 눈으로 지켜봤다. 최 검사가 출입문 앞에 도착했을 때 '철커덕' 하는 소리가 났다.

기어가던 최 검사가 고개를 위로 들었다.

녹슨 소리가 나면서 문이 열렸다.

최 검사 머리 위로 세 명의 남자가 서 있었다.

정장 차림의 남자 옆으로 흑인 두 명이 서 있다.

남자는 최 검사를 내려다보다가 발로 턱을 걷어찼다. 최 검사가 얼굴을 차이고 바닥을 나뒹굴었다.

"최 검······!"

계장은 급히 입을 닫았다.

"끌고 와."

남자가 명령을 내렸다.

옆에 서 있던 두 명의 남자가 김주호에게 걸어가 발목을 묶고 있던 케이블 타이를 칼로 끊어냈다.

이후, 그들은 김주호를 양 쪽에서 어깨를 잡아 일으켜 세웠다. 김주호는 반항하지 않고 흑인들에게 끌려가면서 남자를 노려보았다.

남자는 그런 그의 시선을 받으며 피식 웃음을 지었다.

흑인들이 김주호를 데리고 나갔다. 남자는 창고 안으로 걸어 들어갔다.

그는 하품을 하며 뒤쪽 허리춤에서 회를 뜰 때 쓰는 사시미 칼을 꺼냈다.

"검사님."

남자가 쉿소리로 말했다.

최 검사는 피가 고인 침을 바닥에 뱉은 후 그를 노려보았다.

남자의 눈은 충혈 되어 있었고 눈 밑이 어두웠다.

피곤해 보이는 얼굴이다.

칼을 들고 설치는 주제에 긴장감이라고는 눈을 씻고 찾아봐도 보이지 않았다.

"검사님?"

대답이 없자 남자가 되물었다.

"당신이 이 도박장 주인이야?"

"주인처럼 보여?"

"아니. 오른팔 정도는 돼 보이네."

"애교가 영 없으시네."

"일생을 모르고 살아온 사람이라."

"명이 짧겠네."

"개처럼 꼬리 흔들고 사는 너 같은 새끼들 보단 백배 나은 인생이지."

"고통 앞에서도 그렇게 얘기할 수 있을까?"

"너 같은 새끼랑 시간 낭비하고 싶지 않다. 대가리 불러와."

남자의 입고리가 위로 기다랗게 올라갔다.

눈은 웃고 있지 않아 섬뜩하기 그지없는 표정이었지만 최 검사는 전혀 위축되지 않고 그의 눈을 쏘아 보았다.

남자는 코를 훌쩍이며 일어나 손에 들고 있던 칼을 창고 구석으로 툭 던졌다.

"가서 한 번 풀어봐."

남자가 칼을 가리키며 표정 없는 얼굴로 말했다.

"개수작 부리지 마라. 뒤진다."

최 검사가 힘이 꽉 들어간 목소리로 말했다.

남자가 최 검사의 배를 걷어찼다.

"억!"

최 검사가 이를 꽉 물며 몸을 비틀었다.

"가서 풀어보라고."

남자가 칼을 눈짓으로 가리키며 웃어 보였다.

최 검사가 낄낄 거리며 웃었다.

웃고 있던 남자의 표정이 차갑게 식었다.

"고객관리가 엉망이구만."

남자가 고개를 갸웃 거렸다.

"고객?"

"내 돈은 어디다 삼켜 먹었냐. 이 양아치 같은 새끼야."

최 검사가 남자를 노려보며 어금니를 깨물었다.

남자가 최 검사 앞으로 무릎을 굽혀 앉았다.

"순수하게 게임을 즐기러 오셨다? 그걸 믿으라고?"

남자가 공허한 눈빛으로 최 검사의 눈을 보며 말했다.

최 검사가 고개를 돌리며 웃었다.

"삥 뜯는 방법도 가지가지네."

남자가 최 검사의 얼굴을 밟아 눌렀다.

"허세 부리지마. 우리가 검사라고 못 죽일 것처럼 보이나?"

"죽여."

최 검사가 남자를 노려보며 말했다.

남자는 코웃음을 치며 그를 내려다보다가 휴대폰을 꺼내 전화를 걸었다.

"몽둥이 하나 가져와."

전화를 끊고 남자가 정장 재킷을 벗었다.

"아직 주제를 모르는 것 같은데 확실하게 가르쳐 줄게. 당신 처지가 어떤지에 대해."

남자가 소매 셔츠를 걷었다.

"명령 떨어지기 전까진 넌 내 꺼야. 그 버르장머리 지금부터 천천히 교육시켜주마."

모자를 쓴 젊은 남자가 나타나 호신봉을 넘겼다.

남자는 호신봉을 받아 들고 버튼을 눌러 밑으로 휙 그었
다.

겹쳐 있던 호신봉이 3단으로 길게 쭉 늘어났다.

"지금부터 시간이 아주 길게 느껴지게 될 거야."

"저기요 아저씨. 우리는 그냥 도박하러 온 거에요. 돈까
지 들고 왔잖아."

"돈 놀이 하러 온 인간들이 사진은 왜 찍어?"

계장의 말문이 막혔다.

남자가 담배를 꺼내 입에 물었다.

하얀 연기가 천장으로 올라갔다.

"잘 생각해야 돼. 지금 이 순간 바로 여기선 내가 곧 법
이니까."

최 검사가 비웃었다.

"까고 있네."

남자가 비릿하게 웃으며 계장 앞으로 걸어갔다.

"인간은 아주 약한 동물이야. 강한 것 같으면서도 한 없
이 약하지. 그게 인간이야."

남자가 최 검사를 보며 말하다가 호신봉을 휘둘렀다.

호신봉에 무릎을 가격당한 계장이 비명을 질렀다.

창고에 계장의 비명 소리가 울렸다.

"넌 좀 공손해질 필요가 있어. 알았어?"

남자가 다시 호신봉을 미친 듯이 휘두르기 시작했다.

계장이 숨이 넘어갈 것 같은 신음을 흘렸다.

약 1분간 몽둥이질을 하던 남자가 손을 멈추고 머리를 뒤로 젖혔다.

"담배를 펴서 그런가 몸이 예전 같지가 않네."

남자가 낄낄 거리며 웃었다.

최 검사는 분노에 찬 얼굴로 피투성이가 된 계장의 얼굴을 보았다.

"원하는 게 뭐야?"

최 검사가 남자를 보며 물었다.

"그 눈빛부터 바꿔."

남자가 최 검사의 복부를 재차 걷어찼다.

입이 벌어진 틈을 타 남자가 호신봉 끝을 최 검사의 입 안으로 집어넣었다.

"우욱!"

최 검사가 구역질을 했다.

"해떨어지기 전까지 처신 잘 해. 혹시 알아? 내가 감동받아서 편하게 해줄지."

남자가 호신봉을 최 검사의 목구멍 깊이 밀어 넣었다.

"우우욱!"

최 검사가 기침을 하며 몸을 부들부들 떨었다.

"새끼 더럽게 침 졸라게 흘리네."

남자가 어깨를 들썩이며 웃었다.

최 검사의 입에서 호신봉을 빼낼 때 전화가 왔다.

발신자 이름을 확인한 남자가 급히 전화를 받았다.

"예 대표님."

잠자코 통화 내용을 듣던 남자가 고개를 끄덕였다.

"알겠습니다."

남자는 전화를 끊고 나서 걷어붙였던 셔츠 소매를 내렸다.

벗어둔 재킷을 다시 입고 먼지를 털었다.

"축하한다. 운도 좋네 새끼들."

남자가 눈을 찢으며 웃었다.

최 검사가 바닥으로 헛구역질을 계속 했고 계장은 피로 물든 얼굴로 반쯤 의식이 흐려져 있었다.

남자는 잠시 그들을 보다가 코웃음을 치며 공장을 나갔다.

◇◇◇

택시에서 내린 채아가 비틀 거리며 걸었다.

"난 괜찮으니까 그만 돌아가. 나 이제 진짜 멀쩡해."

발목이 꺾이며 쓰러지려는 채아를 보고 정우가 급히 달려가 허리를 잡아 부축했다.

채아가 깔깔 거리며 웃었다.

"간지러워."

채아가 정우의 손을 밀어냈다.

정우는 난감한 얼굴로 비틀 거리며 걷는 채아 옆을 같이 걸었다.

"돌아가라니까?"

"들어가시는 거 보고 갈게요. 바로 앞이니까."

"그래."

눈을 감은 얼굴로 고개를 끄덕인다.

눈이나 뜨고 좀 걷지.

채아가 콧노래를 흥얼거리며 걸어갔다.

술도 잘 못 하면서 무슨 술을 그렇게나 마신 거야.

발이 걸렸다.

앞으로 넘어지려는 채아의 팔을 잡아, 겨우 넘어지려는 걸 피했다.

"아, 어지러워."

채아가 머리를 붙잡고 미간을 찡그렸다.

"제 팔 잡고 걸어요."

"그럴까."

채아가 정우의 한 쪽 팔을 잡고 늘어졌다.

거의 끌려오다시피 하는 꼴이 돼서 들고 가는 게 오히려 편할 것 같았지만 지금은 그럴만한 상황이 아니었다.

"나 안 취했다. 아직 안 취했어."

채아가 혀를 구부리며 말했다.

정우는 늘어지게 팔을 붙잡고 있는 채아를 데리고 겨우 보안문 앞에 도착했다.

"선생님 아파트 입구에요."

"응?"

채아가 눈을 게슴츠레하게 떴다.

이렇게 취해놓고도 신기하게 보안문 비밀번호는 틀리지 않고 입력했다. 다행이랄까. 채아를 데리고 쉽게 보안문을 넘을 수 있었다.

엘리베이터를 타고 11층을 눌렀다.

정우의 팔에 기대고 있는 채아가 입을 쩝쩝 거렸다.

정말 많이도 취했다.

―11층입니다.

현관문 앞에 도착해 반쯤 잠들어있는 채아를 깨워 비밀번호를 누르게 한 다음, 아파트 안으로 들어갔다. 아파트는 전에 왔던 것과 다를 바 없이 여전했다.

깔끔했고 좋은 향이 났다.

신발장에서 채아를 잠깐 바닥에 눕혀 힐을 벗겼다.

정우는 그녀의 목을 잡아 상체를 세웠다.

채아가 눈을 떴다.

정우의 얼굴 바로 옆에서 채아가 짙은 눈으로 정우의 얼굴을 뚫어질 듯 응시했다.

"선생님 집이에요. 속은 좀 괜찮······."

채아의 입술이 정우의 입술에 포개졌다.

부드러운 감촉이 입술을 눌러왔다.

정우는 놀란 눈으로 움직이지를 못했다.

지금까지 단 한 번도 대처에 서툴렀던 적은 없었다. 하지만 지금 이 순간만큼은 어떻게 해야 할지 감이 잡히질 않았다.

몸도 마음도 감각도 모든 것이 정지된 것 같았다.

정우는 뒤늦게 입술을 떼었다.

채아가 촉촉한 눈으로 정우의 눈을 빤히 쳐다보았다.

"로이······."

그녀가 호소하듯 말했다.

로이?

날 다른 누구랑 착각한 건가?

"나 머리 아파. 사이다 너무 섞었나봐."

채아가 입을 삐죽 내밀며 고개를 숙였다.

긴 머리가 우수수 아래로 흘러 내렸다. 그리고 그녀는 미동 없이 그 자세로 멈췄다.

정우가 의아하게 생각하며 그녀의 얼굴 앞으로 고개를 내밀었다.

새근새근 잠들어있는 소리가 귀에 들려왔다.

정우는 한숨 쉬었다.

그녀를 안아 들고 침실로 걸어갔다.

침대에 눕혀 이불을 덮어 주었다.

잠들어있는 그녀의 분홍색 입술을 보자 좀 전의 키스가 생각났다.

이름이 로이라면 새로 생긴 남자친구인가.

왠지 그 남자친구에게 조금 미안한 감정이 들었다.

취해서 그런 거니까 괜찮겠지.

당황해서인지 쓸데 없는 합리화를 머릿속에 그렸다.

정우는 고개를 흔들었다.

신경 쓰지 말자.

침대 머리맡에 있는 스탠드 조명을 키려던 정우는 피식 웃고 말았다.

스탠드 조명 옆에 인형이 하나 있었다.

곰 인형 목에는 로이라는 이름표가 걸려 있었다.

자신을 인형으로 착각하다니.

정우는 스탠드 조명을 키고 형광등 불을 껐다.

스탠드 조명 옆으로 빛을 받고 있는 로이가 보였다.

정우는 짧게 웃으며 조용히 문을 닫았다.

아파트를 나오면서 휴대폰을 확인했다.

아직까지 연락이 없었다.

정우는 이상하게 생각하며 전화를 걸었지만 여전히 전화기는 꺼져 있었다.

Ⅱ

　희미하게 들리던 음악 소리가 지금은 귓전을 때렸다.

　쿵쿵 거리는 외국 힙합 음악이 콘서트 홀을 방불케 할 만큼 커다랗게 나고 있었다.

　김주호는 두 명의 흑인들에 이끌려 가면서 수많은 사람들이 8각 케이지를 무대로 두고 객석에 앉아있는 모습을 눈에 담았다.

　몇몇 관중들의 얼굴이 눈에 들어왔다.

　부티가 줄줄 흐르는 놈들도 있고 돈을 세면서 눈이 돌아가는 인간들도 보였다.

　"앞만 봐."

　흑인이 한국어를 유창하게 했다.

　환경도 그렇고 흑인이 한국말을 하는 것도 그렇고 마치 꿈속에 있는 기분이 들었다.

　"여긴 뭐하는 곳이야?"

　김주호가 은근슬쩍 흑인에게 물었다.

　흑인의 두꺼운 입술은 열리지 않았다.

　그는 넓은 흰자위 사이에 있는 동공으로 김주호를 보다가 주먹으로 옆구리를 때렸다.

　팔 힘이 얼마나 좋은지 내장이 뒤틀리는 것만 같았다.

　비틀 거리는 김주호를 두 명의 흑인이 거침없이 끌고 갔다.

그들은 김주호를 데리고 3층으로 올라갔다.

외부 유리창은 커튼으로 모두 가려져 있었다.

복도 사이를 걸어 목표지로 보이는 사무실 앞에 도착했다.

노크를 하자, 안쪽에서 문을 열었다.

두 명의 흑인이 김주호의 등을 떠밀었다. 김주호는 앞으로 고꾸라지면서 넘어졌다.

무릎이 까지고 피가 번졌다.

김주호는 통증을 참으며 일어났다.

사무실 내부를 보고 김주호는 숨을 삼켰다.

차마 목소리가 입 밖으로 흘러나오질 않았다.

사무실 테이블 앞으로 한 남자가 앉아 있었다. 한 눈에 봐도 그가 보스라는 걸 알 수 있었다. 커다란 얼굴에 우람한 체격. 피부는 구리빛이었고 밤인데도 불구하고 선글라스를 꼈다.

적어도 120kg은 너끈히 나갈 것 같은 체중이다. 그러나 살덩어리로 보이진 않는다. 모두 근육처럼 보였다. 주먹은 무식하게도 컸다.

한 대 맞으면 턱이 부서질 것 같은 예감이 들 정도로 살짝 감아쥐고 있는 주먹은 컸고 투박했으며 상처가 많았다.

뒤에서 문이 닫혔다.

김주호는 뒷문을 한 번 쳐다본 뒤에 옆으로 시선을 흘리다 무릎을 꿇고 있는 남자를 발견했다.

그는 하얗게 질려 있는 얼굴로 온 몸을 사시나무처럼 떨고 있었다.

상체를 벗고 있었는데 어깨에는 생긴 지 얼마 안 된 것 같은 커다란 상처가 보였다.

왠지 커다란 일에 휘말린 것 같은 기분에 심장이 오그라들었다. 더 이상 까불어선 안 될 것 같다는 생각이 들었다.

"이 녀석인가?"

테이블에 앉아있는 민 대표가 무릎을 꿇고 있는 남자를 보며 물었다.

"예."

민 대표가 김주호를 위아래로 훑어봤다.

"대체하기엔 좀 가벼워 보이는데."

그가 턱을 문지르며 혼잣말을 했다.

"소모용으로는 충분하실 겁니다."

꿇어앉은 남자가 힘이 잔뜩 들어간 어조로 말했다.

김주호는 왼쪽 편을 보았다.

검은 정장 차림의 남자 여덟 명이 차렷 자세로 줄지어 서 있다.

분위기에 압도 되어 다리가 후들후들 떨렸다.

"학생?"

김주호가 눈치를 보며 고개를 끄덕였다.

"고3이야?"

"예."

"그럼 어른이네."

민 대표가 웃었다.

입 옆으로 팔자 주름이 세 겹으로 접혔다.

그의 웃음은 어두웠고 낮았다.

땅 속으로 들어가는 기분마저 들었다.

완전히 어둠을 장악하고 있는 것처럼 느껴졌다.

"너를 앞으로 우리가 데리고 있을 거야. 시키는 대로 잘 하면 살 수 있을지도 모르고. 꾀를 부리거나 쓸데없는 짓을 하면 많이 힘들어질 거야. 이해 돼?"

침이 목을 넘어가다가 중간에 막혔다.

몸은 경운기처럼 떨렸다.

지옥 속으로 들어오게 되었다는 현실이 강하게 몸을 때려왔다.

살고 싶다.

생존 본능이 전신을 지배했다.

아드레날린이 폭포처럼 솟구쳤다.

정우를 만난 이후로, 살아오면서 지금처럼 극도의 공포를 느낀 것은 처음이다.

어필을 해야 한다.

김주호는 눈을 번뜩 떴다.

"저 아무것도 못 봤습니다. 아무것도 기억나질 않아요. 그리고 저 대기업 아들입니다. 살려만 주시면 돈 마련해서 찾아뵙겠습니다. 진심입니다. 믿어주세요."

목소리가 떨렸다.

자신이 이렇게 겁이 많은 인간이지 처음으로 알았다.

눈앞의 남자를 마주하는 건 지독한 두려움을 안겨다 주었다.

"대기업?"

민 대표가 고개를 갸웃 거렸다.

"이름이 뭔데."

"현기 그룹입니다."

민 대표가 누런 이를 보이며 미소 지었다.

"돈 좀 되겠는데 그래. 현기면 우리나라에서 알아주는 재벌 아니야. 이야 이 녀석 이거 물건인데?"

"신고 같은 건 절대 하지 않도록 철저하게 입 막도록 하겠습니다. 살려만 보내주십시오. 부탁드립니다."

민 대표가 몸을 일으켰다.

그가 일어서자 목이 꺾인다.

키가 190은 넘을 것 같다.

중압감에 목이 막혀왔다.

몸이 커서 그런지 마치 거인 같았다.

보스가 서랍에서 권총을 꺼냈다.

김주호는 뒷걸음질 치다 그만 바닥에 주저앉고 말았다.

보통 사람이라면 누구나 그렇겠지만 총을 보는 건 처음이다. 대한민국에서 총이라니. 대체 뭐하는 인간들인 거야. 아직 아무것도 시작하지 않았음에도 칼날이 심장을 헤집는 것 같았다.

보스는 꿇어앉아 있는 남자를 무심한 눈빛으로 내려다보았다.

"일이 아주 복잡하게 됐어."

"제가 죽이고 자수하겠습니다."

"대기업 아들이라잖아. 이게 이렇게 간단한 문제로 보여?"

"죄송합니다."

남자가 공포에 질린 눈으로 김주호에게 원망하는 시선을 보냈다.

도저히 잊을 수 없을 것 같은 눈빛이다.

등이 소름으로 뒤덮였다.

"이번 일만 잘 처리하면 살려주려고 했는데. 아쉽구만."

보스가 방아쇠를 당겼다.

타앙!

남자의 뒤통수에서 피가 터져 나왔다.

벽에 피가 커다랗게 번졌다.

"치워."

외국인 한 명이 양 손을 겨드랑이 사이에 끼워 시체를 끌고 밖으로 나갔다.

김주호는 모골이 송연해졌다.

"대기업 아들이라……."

보스가 김주호 앞으로 걸어와 쭈그려 앉았다.

"아 해."

"네?"

"아 하라고."

김주호가 부들부들 떨면서 입을 조금 벌렸다.

보스가 총구를 김주호 입 안으로 거칠게 쑤셔 넣었다.

"어어어……."

공포에 질린 김주호의 신음이 총을 물고 있는 입 밖으로 흘러 나왔다. 양쪽 눈에서는 눈물이 주르륵 흘러 내렸다. 방금 전 확인했다.

일말의 망설임도 없이 방아쇠를 당기는 것을.

아직 아무것도 못했는데.

복수는 시작도 못했는데.

죽기 전엔 지난 인생이 파노라마처럼 머리를 스쳐 지나간다던데.

잊고 싶은 지독한 기억부터 떠오른다.

그리고 뒤이어 정우와 체육관 관장과 연아. 보건 선생.

마지막으로 엄마의 얼굴이 떠올랐다. 어째서인지 눈물이 멎었다.

극도의 공포를 넘어선 체념인건가.

김주호는 총구를 꽉 물고 눈을 감았다.

"일주일 주마. 일주일만 잘 버티면 살 수 있다."

김주호가 눈을 떴다.

"결정은?"

민 대표가 물었다.

김주호가 고개를 위아래로 크게 끄덕였다.

"이 꼬마 전화 가져와."

부하 하나가 사무실을 나갔다가 전화기를 들고 돌아왔다.

"여기 있습니다."

부하가 허리를 90도로 숙이며 전화를 넘겼다.

보스가 김주호에게 전화기를 내밀었다.

"전화해. 일주일 동안만 집에 들어가지 못할 것 같다고. 핑계를 잘 대야 할 거야. 실수하는 순간."

보스가 입을 빵하고 벌리며 웃었다.

"목에 구멍이 뚫릴 테니까."

김주호가 연이어 고개를 끄덕였다.

보스가 총을 빼냈다.

총구와 함께 심장이 입 밖으로 튀어나갈 것만 같았다.

심장이 물에서 나온 생선처럼 펄떡 펄떡 가슴을 때렸다.

목숨을 건지자 온 몸의 감각이 생생하게 살아 움직였다.

전화를 넘겨받은 손이 벌벌 떨린다.

"떨지 마. 그러다 실수하잖아."

민 대표가 속삭이듯 웃는 얼굴로 말했다.

김주호는 전화기를 꽉 움켜쥐었다.

전원을 켰다.

보스가 쳐다보고 있는 시선은 온 몸을 바늘로 찌르는 것 같았다.

휴대폰 전원이 켜졌다.

번호를 눌러 집으로 전화를 걸려던 손가락을 멈췄다.

실수하면 죽는다.

그 한 문장을 스스로 세뇌하듯 머릿속에 새겨 넣었다.

김주호는 고개를 들어 보스의 얼굴을 쳐다보았다.

인상적인 콧수염이 눈에 들어왔다. 차마 눈을 똑바로 보고 얘기할 수는 없었다.

"제가 평소에 전화를 잘 안 하는 성격이라. 문자로 보내면 안 될까요?"

"그냥 시키는 대로 해."

보스의 눈빛이 변했다.

김주호는 즉시 집으로 전화를 걸었다.

– 네 여보세요?

"저에요 아주머니. 주호."

– 네 도련님. 사모님 바꿔 드릴까요?

"예."

– 잠시만요.

수화기를 내려놓는 소리가 들렸고 잠시 후, 어머니 신민주가 전화를 받았다.

– 주호니?

"어 나야."

– 넌 집에 안 들어오고 연락도 안 되고 어디서 뭐하는 거야?

눈물이 흘러 내렸다.

막힌 목을 뚫으려고 소리를 쥐어 짜냈다.

"나 한 일주일만 있다 들어갈게."

– 너 또! 이제 좀 정신 차린 거 같더니. 도대체 왜 그래 진짜.

"그렇게 알고 있어."

전화를 끊고 안도했다.

다행히 목소리가 떨리지도 않았고 울음 섞인 목소리도 나오지 않았다.

김주호는 배터리를 분리하고 휴대폰을 그에게 넘겼다.

"또 연락할만 곳은?"

"없습니다. 양아치처럼 살아서 잠수 타도 신경 쓰는 사람은 없을 겁니다 아마."

민 대표가 귀엽다는 듯이 김주호를 보며 휴대폰을 부하들이 서 있는 쪽으로 던졌다.

"데리고 나가."

민 대표가 먼저 사무실을 나간 뒤 부하들이 김주호를 어딘가로 잡아끌었다.

◆◆◆

민 대표는 경기장이 잘 보이는 2층 실내에 들어와 준비된 코카인을 코로 흡입했다.

"하아……."

그는 약기운에 취한 얼굴을 뒤로 젖혀 좌우로 한 번 흔들었다.

창가 앞에 비틀 거리며 걸어가 자리를 잡고 앉았다.

"김 이사 들어오라고 해."

잠시 후, 한 남자가 들어와 보스 옆으로 서서 목례를 했다.

"말씀하신 대로 비행기 표 예약해뒀습니다."

"일주일 후면 대한민국도 안녕이구만. 그리우려나?"

보스가 김 이사를 보며 약에 취한 얼굴로 웃어 보였다.

"아마 괜찮지 않을까 싶습니다."

보스가 풍선 바람 빠지듯 웃었다.

"검사가 사라졌으니 수사망이 좁혀져 올텐데. 일주일은
좀 위험하지 않겠습니까?"

김 이사가 창밖의 경기장을 보며 물었다.

"Don't worry. No problem!"

보스가 자신에 찬 목소리로 오페라를 하듯 말했다.

경기장 안에서 무기가 지급되기 시작했다.

한 선수의 머리에서 피가 터져 나왔다.

"오호호호."

민 대표가 입을 동그랗게 말며 경기장을 가리켰다.

그는 과장되게 놀란 표정을 지으며 웃음소리를 흘렸다.

NEO MODERN FANTASY STORY & ADVENTURE

제 8 화

의심

제 8 화
의심

I

"아 머리야······."

채아는 손으로 이마를 짚으며 침대에서 내려왔다.

머리가 깨질 것처럼 아팠다.

조금만 마신다는 게 무리하고 말았다.

잠깐 왜 기억이 잘 안 나지.

채아는 잠깐 기억 속을 더듬어 나갔다.

중간 중간 기억이 하나씩 떠올랐다.

집에 어떻게 왔더라.

술자리 중간부터 기억이 안 나다가 집으로 가는 것만 떠올랐다.

그래. 정우랑 함께 왔던 것 같다.

제대로 걷지도 못하고 헛소리를 한 것 같은데.

아 쪽팔려.

채아는 손으로 눈을 덮으며 한숨 쉬었다. 그러다 눈을 덮고 있는 손을 내리고 고개를 번쩍 들었다.

정우와 입을 맞춘 자신이 생각났다.

기억이 조작된 게 아니라면 맞을 것이다.

정우를 로이라고 부르며 입을 맞추다니.

미친 거 아니야?

채아는 아랫입술을 질끈 깨물며 조명 밑에 웃는 얼굴로 앉아 있는 곰인형을 쳐다보았다.

채아는 반쯤 넋이 나간 얼굴로 침대에 얼굴을 묻었다.

정우는 아파트를 나오면서 시계를 확인했다. 며칠 후면 중간고사도 다가오고 있어 새벽 4시에 일어나 공부를 하다 보니 조금 늦었다.

걸음을 서둘러 정류장에 도착했다.

노선표 옆 칸막이 안으로 들어가자 연아가 앉아 있었다.

"연아야."

책을 보고 있던 연아가 정우의 목소리를 듣고 고개를 들었다.

"안녕하세요."

채아가 벌떡 일어나 어색하게 웃으며 인사했다.

"너 여기서 버스 안타잖아. 왜 여기 있어?"

"네?"

연아가 화들짝 놀랐다.

눈빛이 급격하게 흔들렸다.

같은 동네라고는 해도 연아의 집에서 정우가 타는 정거
장 까지는 약간 거리가 있다. 굳이 여기서 탈 필요가 없는
것이다.

"저 그, 그게."

"……?"

"선배님이랑 같이 등교하려고 기다렸어요. 죄송해요 멋
대로 굴어서."

연아가 고개를 푹 숙였다.

"괜찮아. 그렇게 기죽을 필요 없어. 영어 공부 중이었
어?"

연아가 살짝 미소를 띠우며 고개를 끄덕였다.

"네."

"모르는 거 있으면 언제든지 얘기해. 가르쳐줄 테니까."

"정말요?"

연아가 눈을 반짝이며 되물었다.

"그래."

연아의 얼굴에 환한 미소가 번졌다.

별 것도 아닌 것에 이렇게나 기뻐하니 말을 꺼낸 이쪽에서 오히려 고마울 정도다.

앞으로 기다리지 말라고 하려다가 생각을 지웠다.

워낙 내성적인 아이라 작은 말에도 상처를 받을 것이다.

버스가 도착했다.

정우가 먼저 올라타고 연아가 뒤따라 올랐다.

이른 시간이 아니라서 그런지 평소와 달리 버스에는 2인석 하나 밖에 남아있지 않았다.

정우가 자리에 먼저 앉아 연아에게 손짓했다.

버스 2인석 의자 앞에 선 연아가 우물쭈물 거렸다.

정우가 의아한 눈길을 보냈다.

"안 앉아?"

연아가 정우 옆에 앉아 주먹 쥔 손을 무릎 위로 올렸다. 입은 꼭 다물어져 있었고 동그랗게 뜬 눈은 전방만을 보고 있다.

손으로 치마를 잡아 꾸깃꾸깃 잡는 걸 보니 여간 불편해 보이는 게 아니다.

"괜찮아요."

연아가 눈치를 채고 일어서려는 정우의 팔을 잡았다가 황급히 놓았다.

"정말 괜찮아요. 불편해서 그런 게 아니라. 이렇게 같이 앉아 본 게 처음이라 어색해서."

연아가 고개를 돌려 얼굴을 감추며 말했다.

정우는 엷게 웃으며 창밖으로 시선을 돌렸다.

비온 뒤 맑은 하늘은 눈부신 햇살을 심장처럼 품고 서서히 피기 시작하는 벚꽃을 그림처럼 비추고 있었다.

◇◇◇

흑인들이 305호 라고 적혀 있는 사무실 앞에서 손과 발을 묶고 있는 케이블 타이를 나이프로 끊어냈다. 케이블 타이가 풀리자 묶여있던 손목의 통증이 더 진하게 느껴졌다.

흑인 한 명이 열쇠를 꺼내 사무실 문을 열었고 이후 김주호를 던지듯이 밀어 넣었다.

오랫동안 발목이 묶여있던 탓에 중심을 잡지 못하고 김주호는 바닥을 뒹굴었다.

'철컥!' 소리가 나면서 문이 닫혔다.

김주호는 사무실 내부를 보고 심장이 쿵쾅 거렸다.

20평 남짓한 곳에 샌드백과 웨이트 운동 기구가 있다.

유산소 운동을 위한 런닝과 바이크 기계도 준비되어 있었다. 어느 정도 예상은 되지만 그 것은 고작해야 희미한 불빛에 불과했다.

두려움이 송곳처럼 파고들어온다.

긴장감에 서늘한 내부임에도 불구하고 식은땀이 났다.

회장님의 그늘은 전국으로 드리워져 있다.

어두운 조직이라고 해도 그 그늘을 피할 수는 없다.

살 수 있다.

놈 말대로 일주일을 버틴다면.

희망이 있을 것이다.

그렇게 믿었다.

그렇게 믿고 싶었다.

김주호는 몸을 푼 뒤에 벤치 프레스부터 시작했다.

생존을 위한 본능적인 행동이었다.

"김주호 선배님은 왜 그날 얘기도 없이 가버린 걸까요? 무슨 일 있는 건 아니겠죠?"

연아가 정우와 나란히 학교를 향해 걸으면서 말했다.

"별 일 아닐 거야. 워낙 성격이 제 멋대로인 놈이라."

"그럼 다행이겠지만."

학교 건물 앞에 도착했다.

연아는 정우에게 깍듯이 고개를 숙였다.

"그럼 체육관에서 뵐 게요."

"그래. 오후에 보자."

정우가 손을 흔들어 보인 후 건물 안으로 들어갔다.

연아는 그 자리에 서서 정우가 사라질 때 까지 지켜보았다.

정우가 시야에서 사라지자 연아는 배를 문질렀다.

얼마나 긴장했는지 뱃속이 난리통이다.

신경성 위염이라도 걸린 것 같아. 하지만······.

연아는 저절로 입가에 미소가 지어졌다.

첫사랑이 이렇게 운명처럼 봄과 함께 찾아올 거라고는 상상도 기대도 하지 못했다.

심장이 터지는 줄 알았어.

연아는 정류장부터 지금까지 정우와 함께 등교하던 기억을 놓치지 않고 하나하나 떠올렸다.

그 기억을 소중하게 간직하고 싶다.

얼른 교실로 올라가서 잊기 전에 일기를 써야겠다고 생각했다.

서둘러 교실로 가려는 연아 앞을 세 명의 여학생이 막아섰다.

땅을 보고 걸어가던 연아는 우뚝 멈추어 서서 얼굴을 정면을 향해 들었다.

"너 1학년이지?"

세 여학생 중 중앙에 선 긴 머리의 여자가 물었다.

한 눈에 봐도 3학년 선배 같았다.

"네."

연아가 조금 당황한 얼굴로 대답했다.

그녀는 연아를 째려보며 코웃음을 쳤다.

"따라와."

그녀가 긴 머리를 휘날리며 학교 건물 뒤쪽으로 앞장서 서 걸어갔다.

"안 따라 가냐?"

"좋은 말 할 때 움직여라."

좌우에 서 있던 두 명의 여자들이 껌을 짝짝 싶으며 말 했다.

연아는 곤란한 표정으로 선배를 뒤따랐다.

건물 옆으로 돌아 소각장 앞에 도착했다.

긴 머리가 연아를 턱으로 가리켰다. 좌우에 서 있던 여 학생들이 연아를 벽으로 밀쳤다.

"아……."

연아가 어깨를 문지르며 얼굴을 찌푸렸다.

"시작도 안 했어. 엄살 부릴래?"

눈 화장을 찐하게 한 여학생이 주먹을 치켜들었다.

"기다려."

긴머리의 말에 눈 화장이 연아를 위아래로 훑어보며 주 먹을 내렸다.

"먼저 설명부터 듣자. 어떻게 된 거야?"

긴 머리가 팔짱을 끼며 말했다.

"네?"

"뭘 못 알아듣는 척이야."

눈 화장이 주먹을 훅 들어 위협을 주면서 말을 이었다.

"네가 왜 정우랑 같이 등교하냐고."

"최근에 조금 친해지게 돼서……."

"이게 은근히 반말 까는 습관 있네."

눈 화장이 검지로 연아의 이마를 툭 밀었다.

"야 얘기중이잖아."

긴 머리의 말에 눈 화장이 머쓱해하며 입을 닫았다.

"어떻게 친해졌는데?"

긴 머리가 연아를 날카로운 눈으로 보면서 물었다.

"저희 할아버지가 체육관을 하시거든요. 정우 선배님이 저희 체육관 다니셔서 알 게 됐어요."

"그래? 너 이정우 좋아하냐?"

"네? 네?"

"이게 자꾸 못 들은 척이야. 귓구녕 막혔냐? 너 한번만 더 못들은 척 하면 눈탱이에 밤 생긴다."

눈 화장이 눈에 힘을 꽉 주며 말했다.

"얘기해봐. 이정우 좋아해?"

긴 머리가 낮은 소리로 물었다.

"네. 좋아합니다."

연아의 말에 눈화장이 어이없다는 듯이 웃음을 커다랗게 터트리다가 긴 머리의 얼음장같은 얼굴을 보고 정색하는 얼굴로 돌아왔다.

"꿇어."

긴 머리가 말했다.

연아가 우물쭈물 거리며 망설이자 눈화장이 연아의 뒷머리를 잡고 손바닥을 머리 위로 들었다.

"이러지 마세요."

"이러지 마세요?"

눈 화장이 한쪽 입고리를 올리며 손바닥을 휘둘렀다.

탁!

연아가 눈 화장의 손목을 잡았다.

"어쭈. 이게 감히 3학년 대선배의 손목을 잡아? 너 미쳤냐?"

"저희 할아버지가 다른 건 다 용서할 수 있지만 몸을 해치는 건 용서 안 하시거든요."

"어이상실이네 이거 진짜. 야 좋은 말 할 때 놔라 이거."

눈 화장이 험악한 표정을 지어 보였지만 연아는 눈 하나 깜짝 하지 않았다. 오히려 슬픔에 잠긴 얼굴로 한숨을 쉬었다.

"이 년이 어디서 한숨을 쉬고. 야! 손목 안 놔?"

눈 화장이 팔을 흔들었지만 손목은 꿈쩍도 하지 않았다.

"언니. 정우 선배님 좋아하셔서 저한테 이러시는 거죠?"

연아의 물음에 긴 머리가 이를 꽉 물었다.

"좋아하는 사람을 갖기 위해 이렇게 비겁한 행동을 하는 건 아무 의미가 없어요."

연아가 또박또박 말했다.

"이게 새파란 신입 주제에 감히 누구한테 설교야!"

눈 화장이 무릎을 올렸다.

연아가 자세를 낮추며 복부를 차려던 무릎을 팔꿈치로 막은 뒤, 왼쪽 다리 오금을 잡으며 어깨로 복부를 밀었다. 눈 화장이 얼굴을 일그러트리며 바닥에 쓰러졌다.

연아가 무릎으로 눈 화장의 복부를 누르며 긴 머리를 쳐다봤다.

"어렸을 때부터 할아버지에게 격투기를 배웠어요. 오래 전엔 할아버지가 지금과 달리 가혹한 면이 있었죠. 이런 건 정말 싫지만⋯⋯. 이 이상 저를 괴롭히려 하신다면."

연아의 눈빛이 변했다.

"저도 가만히 있지만은 않을 거예요."

긴 머리가 연아의 눈을 피하며 침을 꼴딱 삼켰다.

연아가 눈화장을 놓아주고 일어섰다.

"그럼 앞으로는 서로 기분 상하는 일 없었으면 좋겠습
니다……."

연아는 긴 머리와 눈화장에게 꾸벅 고개를 숙인 뒤 소각
장을 빠져나갔다.

눈화장이 무릎을 잡고 절뚝거리며 일어났다.

"아니 뭐 저런 게 다 있어?"

눈화장이 울 것 같은 얼굴로 말했다.

"매점이나 가자."

자그마한 교복 자켓 주머니에 손을 찔러 넣으며 긴 머리
가 먼저 걸어갔다.

"같이 가!"

눈 화장이 쉰소리로 외치며 절뚝거렸다.

정우는 비어 있는 옆자리를 보며 김주호에게 전화를 걸
었다. 여전히 전화기가 꺼져있다는 목소리만 들려왔다. 정
우는 박영열을 찾아갔다.

"아니 나한테도 연락 없었는데?"

박영열이 고개를 가로 저으며 말했다.

"어디 있는지 모르는 거야 그럼?"

"몰라. 어디서 또 당구나 치고 있겠지. 걔 성격 알잖아.

공부가 성미에 맞겠어. 금방 지친거지 뭐. 내가 볼 때는 지
딴에 좀 열심히 해보려다가 영 안 되니까 속 터졌나보네.
학교 안 나왔으면 100프로야."

정우는 1반으로 돌아가면서 생각했다.

학업에 지친 것 같지는 않다.

집에 일이 있는 건가?

조회 시간이 되어 이경철 선생이 들어왔다.

출석부를 확인하던 이경철이 잔뜩 피곤에 절어있는 얼
굴을 들었다.

"김주호?"

"아직 안 왔습니다."

정우가 대표로 말했다.

"이번엔 좀 제대로 하려나 싶더니. 기대한 내가 미친놈
이지."

출석부를 마저 부른 이경철은 중간고사에 대한 이야기
를 간단히 꺼내는 것으로 아침 조회를 마쳤다.

Ⅱ

김주호는 거친 호흡소리를 내며 벽에 등을 붙였다.

고작 하루 사이에 뺨이 음푹 패였다.

극도의 긴장감을 등에 업고 시간이 얼마나 흐르고 있는

지도 잊고 운동에 집중했다.

갈증 때문에 목이 찢어질 것 같았지만 냉장고도 정수기도 없다. 물이 담겨있는 페트병도 없었다. 정확할지는 모르겠지만 아마 꼬박 하루동안 놈들은 식사는커녕 물 한모금도 주지 않았다.

이제 더는 무리다.

운동을 하고 싶어도 힘이 없다.

"개 같은 새끼들."

욕이 스스럼없이 나왔다.

굶주림은 참을 수 있지만 갈증은 사람을 미치게 만든다.

소리를 지르고 문도 두드려 보았지만 아무도 찾아오지 않았다.

그렇게 약 하루가 지났다.

예민함에 쉴 새 없이 짜증이 치밀다가 이후론 지쳐서 쓰러졌다.

차가운 바닥에 얼마나 누워있었을까.

잠시 후 문이 열렸다.

김주호는 땀에 젖은 머리를 쓸어 올리며 남자를 쳐다봤다.

처음 창고에서 봤던 그 남자다.

그는 오늘도 여김 없이 정장 차림이었다.

그 때처럼 두 명의 외국인이 붙어 있다.

"어휴 이거 땀 좀 봐."

김 이사가 웃으며 놀리듯이 말했다.

외국인 한 명이 손에 들고 있던 수건을 던졌다.

"냄새나니까 잘 닦도록 해. 곧 출전이니까."

"물 좀 주십시오."

김주호가 지친 얼굴로 말했다.

"목말라?"

김주호가 고개를 끄덕였다.

"참아."

김 이사가 아무렇지도 않게 말했다.

참으라고?

언제까지…….

당장 달려가서 놈의 목을 비틀고 싶은 마음이 솟구쳤다.

"식사와 음료는 승리자의 특혜야. 패배자는 링 위에서
죽거나 오늘과 같은 고통을 패배의 상처와 함께 끌어안아
야 하지. 그러니까 넌 어떻게 해야 되겠어. 이겨야겠지?"

"경기가 언제입니까?"

"한 시간 후. 상대는 너랑 조건이 같아. 오늘이 첫 경기.
룰은 이 친구가 얘기해줄 테니까 그렇게 알고."

근육질의 흑인이 한 발자국 앞으로 나왔다.

"영어 할 줄 모르는데요."

"걱정 마. 한국말 잘 하니까. 이태원 출신이거든."

김 이사가 윙크를 보냈다.

"그럼 얘기 잘 듣고 멋진 경기 부탁해. 네가 재벌 2세든 뭐든 넌 여기선 그냥 개새끼일 뿐이야. 시키는 대로 잘 안 하면 그냥 개죽음인 거지. 명심하라고."

김 이사가 정색하던 얼굴을 깨며 미소를 지었다.

"이태원 프리덤!"

김 이사가 노래를 부르며 같이 나가는 흑인의 어깨를 툭 쳤다.

"너 이 노래 알아?"

흑인이 고개를 젓는다.

김 이사가 낄낄 거리며 노래를 흥얼거렸다.

그가 나가고 문이 닫혔다.

김주호는 주먹을 꽉 쥐었다.

너무 무리해서 운동했다.

이럴 줄 알았으면 차라리 체력을 아끼는 건데.

1시간 후, 경기가 시작된다.

심장이 크고 빠르게 가슴을 때리기 시작했다.

흑인이 벤치 프레스에 앉으며 정우를 쳐다봤다. 자신의 몸 두 배는 될 법한 덩치다. 저런 녀석과 싸우게 되면 1라 운드도 못 버티고 뻗을 것이다.

"규칙은 간단하다."

놈의 말대로 흑인은 한국말을 잘했다.

"1라운드는 급소와 눈만 빼고 모두 공격이 가능해."

흑인이 무표정한 얼굴로 김주호를 보며 말을 이었다.

"2라운드부터 규칙이 없다. 무기가 지급될 거고."

"무기요?"

김주호가 눈을 번뜩 뜨며 되물었다.

"그래. 단순하게 생각하면 돼. 놈을 죽이겠다고."

"죽은 사람이 있나요?"

흑인이 김주호의 순진함에 웃음을 터트렸다.

"그야 당연히 셀 수도 없이 많지. 여긴 대부분 사채 빚을 갚지 못해 몸이 팔려 나오는 거야. 개보다도 못한 목숨이지."

"일주일 후. 그 때까지 버티면. 살아있다면. 정말 보내주는 겁니까?"

"난 보스가 아니야."

"약속했어요. 그 보스라는 사람. 약속을 지키는 사람입니까?"

흑인이 씁쓸하게 웃었다.

"하늘만이 알겠지."

김주호가 좌절감에 사로 잡힌 얼굴로 고개를 떨구었다.

지옥의 그늘에 갇혀 빛을 잃은 것만 같다.

"이름이 뭐야?"

흑인이 물었다.

"김주호요."

힘이 하나도 없는 목소리가 흘러 나왔다.

"하나 충고하자면. 네가 살아서 이곳을 나가게 될지 아닐지는 알 수 없어. 하지만 한 가지 확실한 건. 여기서 멀리 본다는 건 사치스러운 일이야. 오늘. 지금 이 순간만을 생각해. 여기서 살아남은 자들은 모두 그 순간만을 살지. 과거나 미래를 생각할 여유는 없어. 그래서 두려움도 적지. 살아남겠다는 신념을 가진 자만이 죽음을 초월할 수 있다. 여긴 그런 곳이야. 그러니 다른 생각은 마. 오늘 경기만 생각하는 거야."

"저한테 왜 이렇게 잘해주시는 겁니까?"

김주호가 의심스런 눈빛으로 흑인을 보며 말했다.

"안타까워서. 그 나이에. 이곳을 들어왔다는 게."

"당신은 왜 여기서 일하는 겁니까?"

"처음부터 길을 잘못 들었지. 너도 여기 들어온 이상 희망 같은 건 버려. 그런 건 아무 짝에도 쓸모없어. 생존만을 생각해. 어떻게 해야 보스가 널 좋아할지. 널 버리지 않을지. 그 것만을 생각해. 탈출을 시도한 놈들 모두 죽었다. 그리고 보스는 잡은 물고기를 바다로 돌려보내는 성격이 아니야. 하지만 기회가 영 없는 것도 아니지."

김주호의 죽어가던 눈빛에서 빛이 생겼다.

"보스가 네게 준 시간이 일주일이라고 했지?"

"예."

"낚시꾼이 물고기를 가지고 해외로 건너가는 법은 없다."

흑인이 목소리를 낮추며 말했다.

입을 떼려는 김주호를 향해 흑인이 검지로 자신의 입을 가렸다.

"기회를 얻기 위해선 우선 살아남아야 해. 절대 상대에게 사정을 두지 마라."

김주호는 무겁게 고개를 끄덕였다.

"몸은 좀 어때?"

김주호가 힘없이 웃었다.

"죽을 맛이죠."

"첫 경기만 이기면 이후로는 조금 편해진다. 컨디션 관리가 가능해지니까."

흑인이 안 주머니에서 작은 캔커피 하나를 꺼내 김주호 앞으로 툭 던졌다.

"마셔."

김주호가 캔커피를 보자마자 손을 뻗었다.

딸칵.

김주호는 캔커피를 따고 입으로 가져가다가 멈췄다.

옥상에서 정우와 캔커피를 먹던 때가 생각났다.

거짓말처럼 느껴진다.

그 기억도.

지금 이 순간조차도.

김주호는 숨을 한 차례 고르고 음미하듯이 마셨다.

마치 혀가 마비될 정도로 강한 단맛이 느껴졌다.

초콜렛을 덩어리 째 씹는 것 같았다.

액체가 몸으로 온 몸으로 흡수된다.

김주호는 마지막 한 방울을 목에 넘기고 아쉬운 눈길로 캔커피를 내려다보았다.

"저한테 이거 주셔도 괜찮은 겁니까?"

흑인이 미소를 살짝 띠우며 고개를 끄덕였다.

"감사합니다 정말."

김주호가 뒤늦게 감사의 인사를 전했다.

흑인이 두꺼운 손으로 빈 캔을 회수했다. 캔을 세로로 새운 뒤, 밟아서 납작하게 찌그러뜨렸다. 그는 납작해진 캔을 다시 안주머니에 넣었다.

"이겨라. 난 너한테 배팅했으니까."

흑인이 하얀 이를 내보이며 웃었다.

농담 아닌 농담에 김주호도 웃음이 났다.

이런 절망적인 상황에서도 웃음이 나는구나.

정말이지 살떨리는 현실이다.

인생, 한 치 앞을 알 수 없다.

하루아침에 이런 꼴이 될 줄이야.

"후우……."

긴 숨을 밀어냈다. 머릿속에 난잡하게 날아다니는 잡념들을 지웠다.

하나만 생각한다.

생존! 승리!

오직 그 것만 볼 것이다.

현기 그룹을 삼키겠다고 다짐했다.

이 몸은 이런데서 개죽음 당할 운명이 아니야.

김주호는 엉덩이를 털고 일어났다.

"혹시 노하우 같은 건 알고 계신 거 없습니까? 첫 경기에 대한."

"있지."

"가르쳐주실 거죠?"

"물론. 난 너한테 걸었으니까."

"가르쳐주세요. 뭡니까?"

김주호가 재촉했다.

"배신. 그리고 선제공격."

"선빵은 알겠는데 배신은 뭘 어떻게 하는 거예요?"

"악수를 청해. 그리고 빈틈을 보이면 공격해라. 의식을 잃은 것처럼 보여도 공격을 멈추지 마. 이건 정식 경기가 아니야. 네가 상대를 생각하는 순간 넌 목 아래로 칼날을 품는 거니까."

"그게 통할까요?"

"이 지옥에 처음 들어온 놈들은 인간으로써의 양심을 가지고 있어. 네가 악수를 청하면 조금은 안도할 거야. 서로 크게 다치지 않는 한도 내에서 경기를 치룰 수 있지 않을까 하는 기대감을 갖기 때문이지."

김주호가 알겠다는 듯 생각에 잠기며 고개를 끄덕였다.

흑인이 시계를 확인했다.

"30분 남았다. 이걸로 몸 닦고 갈아입어."

흑인이 물수건과 격투용 타이즈를 하나로 묶어 김주호 발 아래로 던졌다.

"글러브는 여기 있는 걸로 쓰는 겁니까?"

흑인이 히쭉 웃었다.

"글러브 같은 건 없어. 뭘 기대하는 거야."

잠시 잊고 있었던 현실감이 몸을 후려쳤다.

그의 친절한 태도 때문일까.

태풍 속이라는 것을 잠시 망각했다.

잠시 후, 링은 피로 물들 것이다.

처음으로 살인을 하게 될지도 모른다.

등에서 식은땀 한 줄기가 척추를 타고 흘러내렸다.

"땀이 많으면 몸이 처지고 무겁다. 얼른 닦고 갈아입어."

김주호가 고개를 끄덕였다.

"예."

망설이지 않고 옷을 훌렁훌렁 벗었다.

팬티까지 다 벗은 뒤, 물수건으로 몸을 닦아 나갔다.

이런 환경 속에 있다는 게 수치심과 모멸감이 들었지만 얼른 지워 버렸다.

사치스런 생각은 버리자.

살아나간다.

그것만 생각하자.

몸을 가볍게 하기 위해 물수건으로 정성스럽게 몸을 닦았다.

캔커피를 마시긴 했지만 갈증은 여전하다.

물수건 하나를 입에 물었다.

조금이나마 물기를 섭취하고 싶은 마음에서였지만 잠시 시원하던 입안은 금세 불편해졌다. 바보 같은 짓임을 깨닫고 입에 물고 있던 물수건을 툭 뱉어냈다.

경기복을 입고 적당하게 몸을 풀었다.

긴장감이 서서히 가시고 있다.

시각이 넓어져서인 걸까.

완전히 모르고 있을 때와는 달리 속이 편해져서인지도 모른다.

룰에 대해서도 알았고 이 눈앞의 흑인 덕에 훨씬 유리한 입장에 섰다는 것도 한 몫을 했을 것이다.

무엇보다 감각이 요구하고 있다.

오감이 소리친다.

굶주림과 갈증이 고통을 호소해온다.

얼른 경기를 치르고 속을 채우고 싶은 욕망이 솟구쳤다.

피 터지게 싸우는 건 이골이 났다.

"몇 살인지 알려주실 수 있으십니까?"

"올해로 마흔. 나이를 좀 먹긴 했어도 운동부 출신이라 쉽지만은 않을 거야."

지피지기 백전백승이라 했다.

공부는 안 했어도 그 정도는 알고 있다.

"승부는 어떻게 나는 겁니까?"

"외부 심판이 따로 있다. 사인을 주면 게임 끝. 그 전엔 상대가 어떤 상태든 속행이다."

미친 새끼들…….

올라오던 욕이 목구멍에서 겨우 막혔다.

이런 게임을 만든 보스라는 작자의 머릿속을 열어보고 싶은 심정이다.

"쇼맨쉽이 중요해. 상품으로써 인기와 가치가 없으면 보스는 너를 버릴 거야. 그는 어차피 일주일 후면 이 나라를 떠난다. 얘기했다시피 네가 재벌2세든 대통령 아들이든 그건 전혀 중요하지 않아. 살고 싶다면 관객들을 흥분시켜라."

"일주일 후에 당신은 보스를 따라 갑니까?"

흑인이 쓴웃음을 지었다.

"나 역시 한 마리의 물고기에 지나지 않아."

"늦었지만 이름이 뭡니까?"

"브로드 베인."

철컥!

그가 이름을 말할 때 문이 열렸다.

"출전."

문 앞에 선 외국인이 말했다.

심장이 명치까지 내려왔다가 올라간다.

긴장감이 전류처럼 온 몸을 타고 흘렀다.

김주호는 흑인을 돌아보았다.

그가 아주 작게 고개를 끄덕여 보였다.

김주호는 마른 입술에 침을 바르며 문을 통과해 나왔다.

계단 옆에 전신 거울이 있었다.

외국인은 김주호를 그 앞에 데려다 놓았다.

김주호는 거울에 비친 자신의 모습을 보고 작게 헛웃음이 나왔다.

달라붙는 검은 타이즈 팬츠만 입고 있는 자신의 몸뚱아리가 거울 속에 들어가 있다.

맨발로 느껴지는 바닥의 차가움이 현실을 알린다.

거울 속에 눈을 응시했다.

돌아오자.

김주호가 마음을 되새길 때, 외국인이 젤을 꺼냈다. 그는 손에 젤을 덕지덕지 발라 김주호의 머리에 떡칠을 하듯 잡으며 올백으로 넘겼다.

거울에 이마가 훤히 드러난 새하얀 얼굴이 보였다.

외국인은 곧 이어 구두약처럼 생긴 시커먼 것을 얼굴에 바르기 시작했다.

찝찝하고 답답한 느낌이 얼굴에 배여 들었다.

잠시 후, 김주호의 얼굴이 시커멓게 변했다.

"간다."

외국인이 바지에 손을 닦으며 앞장섰고 그 뒤로 세 명의 남자가 김주호를 둘러쌌다.

걸음을 옮길수록 음악 소리가 조금씩 선명하게 들려왔다.

제 9 화

적(敵)

제 9 화
적(敵)

I

쿵쿵 거리는 음악의 진동이 발끝으로 느껴졌다.

2층에서 내려가는 철계단에 발을 디뎠을 때, 김주호는 소리를 지르기 시작하는 관객들을 보며 살짝 놀라고 말았다. 8각 케이지 주변에는 관객들이 가득 했고 케이지 위에는 관짝처럼 생긴 나무가 매달려 있는 게 보였다.

음악 소리가 작아지면서 진행자가 김주호를 소개했다.

"키 183cm 몸무게 75kg. 데뷔전을 치루는 링 위의 검은 사냥개! 조찬웅!"

가명이다.

회장님을 의식한 건가?

얼굴에 검은 것을 바른 것도 혹여나 자신의 얼굴을 알고 있는 자들을 우려한 것 같았다.

가지가지 하는 군.

귀가 아플 정도로 소리를 지르는 관객들의 함성을 들으며 케이지로 향했다.

경기를 치르러 가는 길은 지독한 긴장감을 안겨 주었다.

온몸이 미세하게 떨렸다.

김주호는 상대에게 긴장감을 들키지 않기 위해 몸에 힘을 꽉 주었다.

케이지 안으로 들어가자마자 상대를 살폈다.

체격은 좋지만 키도 작은 편이고 배불뚝이다. 체육부 출신이라고는 해도 이빨 빠진 불혹의 호랑이다.

방심하지 않고 온 힘을 다해 숨 쉴 틈 없이 몰아붙인다면 빠른 시간 안에 경기를 끝낼 수 있을 것이다.

케이지 안에서 만난 중년 남자의 붉게 핏발 선 눈은 굶어죽기 전에 짐승처럼 보였다.

심장에 다이너마이트를 달아놓은 것만 같다.

이런 심장으로 살아있다는 게 거짓말처럼 느껴질 정도다.

신기한 것은 이런 상태로도 몸은 움직이고 있다는 것이다.

잡념을 버리자.

김주호는 중년인에게 터벅터벅 걸어가 악수를 청했다.

"우우우우!"

"뭐하는 거야 이 병신새끼야! 이게 스포츠 같냐!"

"정신 차려 이 새끼야! 네 배당금이 얼만지나 알아?!"

관객들이 김주호의 행동을 보고 욕을 쏟아냈다.

악수를 청하는 김주호를 보고 극도로 긴장하고 있던 중년인의 표정이 살짝 풀어졌다.

그는 긴장된 숨을 토해내며 악수를 하기 위해 마주 손을 뻗어왔다.

김주호는 악수를 받으려 손을 뻗은 중년인의 손목을 잡아 당겼다. 중심을 잃은 그의 턱에 주먹을 꽂아 넣었다. 턱이 돌아가면서 중년인의 몸이 크게 휘청 흔들렸다.

"와아아아아아아!"

관객들이 흥분한 얼굴로 벌겋게 웃으며 자리에서 벌떡 일어나 팔을 치켜들었다.

"죽여!"

"죽여버려!"

"대가리를 박살내라고!"

김주호는 이를 악 물며 중년인의 안쪽 허벅지를 로우킥으로 걷어찼다.

중년인의 얼굴이 창백하게 질렸다.

의지랑 관계없이 눈물이 흘러 나왔다.

"으아아아!"

김주호는 괴성을 지르며 중년인의 얼굴에 양 주먹을 내질렀다. 코가 찢겨나가고 입술이 터지면서 바닥에 피가 뚝뚝 떨어지기 시작했다.

흑인, 아니 브로드 베인의 말대로다.

심판은 경기를 멈추지 않았다.

얼굴이 피투성이가 된 중년인이 케이지 벽을 등지고 바닥에 주저앉았다.

산다.

난 살아서 나간다…….

김주호의 눈이 하얗게 변했다.

폭력은 익숙하다.

광대가 되면 어때.

난 이런 놈이었어.

이런 놈이었으니까 괜찮아.

똑같은 거야.

김주호가 쓰러진 중년인의 몸 위로 올라탔다.

중년인이 양 팔로 얼굴을 막았다.

손으로 그의 목젖을 움켜잡았다. 중년인의 얼굴이 순식간에 부풀어 올랐다.

중년인이 피로 물든 얼굴로 김주호를 노려봤다.

상처도 크고 타격도 많았지만 치명타가 들어가지 않은 모양이다.

눈빛이 아직 살아 있다.

배신감에 치를 떤다.

기회만 있다면 정말로 자신을 죽일 것만 같은 눈빛이다.

"죽여!"

"죽여!

"죽여!"

일부 관객들이 합창하며 소리 쳤다.

그래 죽여주마.

죽여야 내가 산다. 원하는 대로 해주마.

김주호가 광기에 사로잡힌 얼굴로 주먹을 치켜들었을 때 공이 울렸다.

뒤에서 심판이 몸을 잡아 끌었다.

코너로 돌아가면서 가슴을 문질렀다.

휴식 시간이 되자 토할 것처럼 속이 울렁거렸다.

바닥에 앉아 천장을 쳐다보았다.

그 사이 여자 한 명이 케이지 안으로 들어왔다. 벌거벗은 알몸이다.

두꺼운 입술, 잘록한 허리, 긴 다리. 머리도 작으면서 가슴과 엉덩이는 서양 여자라고 해도 좋을만큼 볼륨감이 있었다.

관객들이 휘파람을 불며 좋아했다.

자신의 상대인 중년인은 이 상황에서도 라운드걸을 빤히 쳐다보고 있었다.

김주호는 시선을 내리고 귀를 기울였다.

공이 울리는 즉시 무기가 지급된다.

가장 중요한 순간이다.

보다 좋은 무기를 선점해야 한다.

땡—

공이 울렸다.

관짝처럼 생긴 나무가 세로로 열리면서 무기가 떨어져 내렸다. 김주호는 떨어지는 무기를 하나도 놓치지 않으려 눈을 크게 떴다.

지금부터는 피의 전쟁이다.

각종 무기가 떨어져 내리기 시작했다.

알루미늄 야구 배트. 하키 채. 쇠파이프……

더 이상은 볼 것도 없다.

김주호는 쇠파이프가 떨어진 곳을 향해 달렸다.

쇠파이프는 중년 남자와 김주호 사이 중앙에 있었다. 김주호가 달려가 쇠파이프를 잡을 때, 이미 중년인은 가장 가까이에 있는 알루미늄 배트를 잡은 상태였다.

중년인이 있는 힘을 다해 배트를 휘둘렀다.

배트가 이마를 빗겨 맞고 지나갔다.

꽤 깊게 맞았다.

뼈가 깨진 것만 같은 어마어마한 통증이 솟구쳤다.

심판이 중년 사내 앞을 가로 막았다.

경고성 주의를 주었다.

2라운드 무기 룰은 머리와 급소 가격을 제한하고 있다.

김주호는 통증을 참으며 일어섰다.

뒤로 물러나 이마를 문질렀다.

손바닥에 피가 묻어나왔다.

피가 눈으로 떨어지기 시작해 김주호도 시야에 문제가 생겼다. 피가 흘러내리는 왼 쪽 눈을 감고 쇠파이프를 양 손으로 잡았다.

김주호는 얼굴을 구기며 검도 자세를 취했다.

초등학교 때부터 중학교 때까지 검도를 했다.

횟수로 7년.

무기 대 무기에 있어선 검도만 한 게 없다.

문제는 상대는 피가 굳어가고 있는 중이고 자신은 피가 한 쪽 시야를 가리고 있다는 점이다.

닥터 스탑 따위는 없다.

이곳은 마치 피를 보기 위한 경기장 같았다.

바닥이 피로 번지자 관객들은 더 크게 열광하며 소리를 질러댔다.

상대는 김주호의 피를 보고 지체할 것 없이 움직였다.

왼쪽 시야 때문에 정면을 보면 사각지대가 생겨 고개를 45도로 틀었다. 전방 시야가 현저하게 줄어들었지만 지금은 이 자세가 최선이었다.

그는 체육부였지만 무기를 다뤄본 적은 없는 듯 배트를 큰 폼으로 휘둘렀다.

스윙이 크다.

한 쪽 시야가 죽었음에도 자신감이 올라왔다.

발을 움직였다.

한동안 잊고 살았음에도 불구하고 검도를 배웠을 때의 침착함과 자세가 남아 있다.

몸이 기억하는 것이다.

머리가 얼얼해지자 덕분에 긴장감이 많이 떨어졌다.

김주호는 냉철하게 상대의 움직임을 눈에서 놓치지 않았다.

상대가 꽉 다문 이빨을 내보이며 달려들었다.

한 호흡과 함께 앞발을 내밀며 손목을 앞으로 뻗었다.

쇠파이프 끝이 중년인의 목을 푹 찔렀다. 상대가 손에 들고 있던 무기를 바닥에 떨어트리며 목을 붙잡고 켁켁 거렸다.

완전한 무방비 상태.

김주호가 쇠파이프를 휘둘렀다.

중년인이 다리를 맞고 몸이 옆으로 넘어갔다.

"와아아아!"

"그렇지!"

"몰아붙여!"

"대가리를 터트리라고!"

관중들이 환호성을 내질렀다.

중년인이 고통스러운 신음을 흘리며 몸을 흐느적 거렸다.

김주호는 쇠파이프를 휘둘러 중년인의 갈비뼈를 때렸다. 쇠파이프가 충격을 타고 손끝을 울렸다.

쓰러진 중년인이 입을 쩍 벌리며 몸을 부르르 떨었다.

못해도 금이 가거나 부러졌을 것이다.

김주호는 심판을 돌아보았다.

심판은 말없이 쳐다보기만 할 뿐 제지하지 않았다.

ㅡ 쇼맨쉽이 중요해. 상품으로써 인기와 가치가 없으면 보스는 너를 버릴 거야. 그는 어차피 일주일 후면 이 나라를 떠난다. 얘기했다시피 네가 재벌2세든 대통령 아들이든 그건 전혀 중요하지 않아. 살고 싶다면 관객들을 흥분시켜라

귀가 먹먹할 정도로 시끄러운 관중 소리 사이에서 흑인 브로드 베인의 목소리가 생생하게 들렸다.

김주호는 반쯤 흐려진 눈으로 중년인 앞으로 걸어갔다.

중년 사내가 얼굴을 바들바들 떨면서 김주호를 올려다 보았다.

보스가 권총으로 사람을 죽였던 순간이 떠올랐다.

김주호가 쇠파이프를 치켜들었다.

그의 눈과 마주쳤다.

공포에 질려 있었다.

선택권은 없어.

김주호가 발악적인 소리를 내지르며 얼굴을 깨뜨렸다.

쇠파이프가 사내의 몸을 잔인하게 난타했다.

"주호는?"

노인이 물었다.

"어제 가게에서 나간 후로부터 계속 연락이 안 되네요."

정우가 한 쪽 어깨에 걸치고 있던 가방을 풀면서 말했다.

"어디 있는지는 모르고?"

"학교 안에 주호랑 친한 애들에게 물어봤는데 모르더라구요."

"무슨 일 있는가……. 아참 내일 중간고사지?"

"예."

"운동 짧게 하고 가서 공부해. 운동보다는 시험이 우선이지."

"그렇지 않아도 가볍게 몸만 풀고 가려구요."

"가만히 보면 너도 운동 중독자야."

"그런가요?"

정우가 웃으며 대답했다.

"적당히 해. 그리고 난 잠깐 나갔다 올 테니까 연아 오면 체육관 좀 보라고 하고."

"네 알겠습니다. 다녀오세요."

"그래."

노인이 나갔다.

정우가 웃으며 탈의실로 향했다.

옷을 갈아입고 나와 스트레칭을 짧게 하고 줄넘기부터 시작 했다.

물이 천천히 끓는 것처럼 몸에서 열기가 천천히 올라왔다.

줄넘기 300개를 넘겼을 때, 채아가 연아와 함께 체육관에 들어왔다.

정우는 줄넘기를 멈추고 수건으로 얼굴을 닦았다.

"안녕하세요."

정우가 인사했고 채아가 손을 흔들었다.

연아도 고개를 숙이며 인사해왔다.

"속은 좀 괜찮으세요?"

정우의 물음에 채아의 얼굴이 돌처럼 굳었다.

"그, 그럼. 아참. 주호 안 왔지?"

채아가 가까이 오면서 급하게 화제를 돌렸다.

"네. 아직 연락이 없네요."

"점심시간에 이경철 선생님한테 들었는데 가출한 것 같아."

"가출이라니. 좀 뜬금없네요."

"그렇지? 요즘 체육관도 오고 애도 좀 밝아지는 것 같았는데 갑자기 가출이라니. 이경철 선생님 말로는 어머니랑 통화해보니까 집에 별 일은 없는 것 같다고 하셨어. 주호가 집에다가는 얘기했다더라. 개인적인 문제인 것 같다던데 휴우……. 무슨 일인지는 모르지만 괜히 걱정스럽네."

"괜찮을 거예요. 너무 걱정하지 마세요."

"나도 안 그러고 싶은데 또 사고치는 건 아닌지 신경 쓰여. 이번에 마음잡은 것처럼 보였었거든."

"할아버진 어디 가셨지?"

연아가 빈 사무실을 보며 작게 혼잣말을 했다.

"연아야. 관장님 잠깐 어디 나갔다 오신다고 체육관 좀 봐달라고 하셨어."

"아 그렇구나. 네! 알겠습니다."

연아가 대답할 때 사무실 전화가 울렸다.

연아는 전화를 받으러 사무실 안에 들어갔고 채아는 창가 있는 기다란 목재 의자 앉았다.

"주호가 있다 없으니까 허전하네."

채아가 창밖을 보며 말했다.

그녀 말대로 운동할 기분이 별로 나질 않는다.

신경이 쓰인다는 의미다.

친구로 지낼 생각 같은 건 전혀 없었는데 어느새 친구가 되어 버린 것 같다.

"나쁜 길로 빠지지 않았으면 좋겠는데."

채아의 말은 꼭 자신에게 하는 말처럼 들렸다.

네가 어떻게든 좀 잡아봐 라고 말하는 것 같다.

여전히 김주호에게선 연락이 없는 상태고, 김주호의 어머니인 신민주도 위치는 모르는 것 같다.

사라지기 전 별달리 낌새 같은 건 없었다.

평소와 전혀 다르지 않았다.

약간의 의심이 머리 한 쪽을 건드려 왔다.

"막상 오긴 왔는데 운동할 기분이 영 안나네. 오늘은 그냥 연아랑 맛있는 거나 먹어야겠다. 우리 뭐 시켜 먹을까?"

"전 먼저 들어가 보겠습니다."

"운동 더 안 해?"

"내일 중간고사라서."

"아 그렇지 참. 나 왜 이러나 몰라. 요즘 자꾸 깜빡깜빡해. 조심히 들어가고 공부 열심히 해."

"그럼 먼저 가볼게요."

정우는 사무실 문을 열어 통화중인 연아에게 손을 흔들었다. 연아가 전화를 받으면서 벌떡 일어나 머리를 숙였다. 정우는 엷게 웃었다.

언제나 예의가 바르다.

처음과 지금 변함없이.

사무실 문을 닫고 채아에게 인사를 가볍게 하고 나가려던 찰나 채아가 팔을 잡았다.

"저기. 정우야."

"네?"

"어제 나 뭐 실수한 거 없었어?"

채아가 잔뜩 긴장한 얼굴로 물었다.

"없었어요."

"저, 정말?"

"아 하나 있다."

정우가 떠오른 듯 턱을 들었다.

채아가 숨도 쉬지 않고 정우의 입을 쳐다봤다.

"뭐 실수랄 것 까지는 아니지만 비틀비틀 위험하게도

270

걸으셨어요. 혼자서 걸어가신다고 고집 부리셔서 다치실
까봐 아찔했어요."

"그것 뿐?"

"네. 일단 제 기억엔."

"그렇구나. 사실 어제 좀 많이 마셔서 기억이 잘 안 나서
말이야. 내가 원래 술 잘 먹는데 어제는 피곤해서 그런지
금방 취하더라고."

채아가 어색하게 웃으며 정우의 어깨를 토닥였다.

"그래 그럼 얼른 들어가서 공부해."

채아가 이제 그만 나가보라며 손을 휙휙 저었다.

정우는 그녀의 입술을 쳐다보았다.

그녀의 얼굴이 시뻘겋게 달아오른다.

의도적인 것과 달리 그 때의 기억 때문에 그만 쳐다보고
말았다.

"왜, 왜왜. 뭐 뭐 묻었어?"

채아가 굉장히 당황하며 손으로 얼굴을 닦았다.

정우는 웃음을 참았다.

체육관을 나와 집으로 가면서 휴대폰을 켰다.

김주호의 휴대폰은 계속해서 꺼져 있다.

휴대폰을 키지 않는 이유는 뭘까?

휴대폰을 더 가지고 있나?

잃어버린 건가.

정우는 생각을 끊고 박영열에게 문자를 보냈다.

– 김주호 휴대폰이 몇 개야?

메시지를 보내자마자 답장이 왔다.

– 1개

– 김주호한테서 연락 없었지?

– 아직 없는데 왜?

– 김주호랑 어울리는 선후배 아니, 김주호가 관계된 연락처 전부 보내. 더 알아낼 수 있으면 알아내서 보내고.

– 알았어.

5분 뒤 연락처가 도착했다.

전화번호는 총 19개.

정우는 집으로 가면서 하나씩 전화를 걸었다.

19명 중 12명이 전화를 받았다. 그들은 모두 김주호의 위치에 대해 전혀 모르고 있었다.

도보를 걸어가던 정우는 걸음을 멈췄다.

몇몇 아저씨들이 뒷짐을 지고선 한 곳을 쳐다보고 있었다. 정우는 그들의 시선을 따라갔다.

고개를 돌리자 전자마트 전면 유리창 너머 텔레비전에서 뉴스가 나오고 있었다.

아나운서의 목소리는 들리지 않았지만 자막 때문에 내용을 파악할 수 있었다.

정우도 전자마트 유리창 앞으로 다가갔다.

– 이틀 전 오후 7시경 강력부 최모 검사와 박모 계장이 경찰청을 나간 후 실종된 것으로 추정되고 있습니다. 서울지검은 아직까지 최모 검사와 박모 계장에 대한 수사를 진행 중이며 수사 내용에 대해서는 입을 열지 않고 있습니다.

잠시 후, 서울지검의 건물을 비추던 화면이 검찰청 인터뷰로 넘어갔다. 이후 인터뷰 방송에는 모자이크 처리된 남자의 아직 아무것도 모른다는 식의 답변만이 나왔다.

정우는 텔레비전에서 눈을 떼고 빠른 걸음으로 어제 회식을 했던 가게로 향했다.

Ⅱ

김주호는 느릿느릿 복도를 걸었다.

눈에는 반쯤 초점이 없었고 걷는 것도 힘겨워 보였다.

잠깐 멈추어 서서 전신 거울을 보려다가 시선을 피했다. 도저히 거울을 마주할 용기가 나지 않았다.

김주호는 자신의 손을 내려다 보았다.

피가 아직도 굳지 않고 덕지덕지 묻어있다. 비릿한 피냄새가 끊임없이 코를 자극했다.

310호.

처음에 들어갔던 곳과는 다른 사무실이다.

안으로 들어가자 넓은 실내가 보였다.

구석에 매트리스가 하나 깔려 있었고 화장실이라고 적힌 문이 있다.

화장실 옆에는 냉장고가 있었다.

그 앞으로는 테이블과 의자까지 있다.

전에 있던 곳에 비하면 스위트 룸이다.

김주호는 냉장고 앞으로 걸어갔다. 뛰어가고 싶었지만 마음과 달리 몸은 극도로 지친 상태였다.

냉장고 문을 열었다.

물은 기본이고 각종 음료수와 빵이 가득 들어 있다.

500ml 물부터 마셨다.

너무 급하게 마셔 사래가 걸려 물을 뿜어냈다.

켁켁 거리며 기침했지만 신경 쓰지 않았다.

냉장고에서 빵을 긁어내듯 꺼냈다.

근 이틀을 내리 굶었다.

빵을 꺼내 봉지를 뜯고 입 안으로 구겨 넣었다.

빵을 먹던 김주호는 왼쪽 벽면에 세워져 있는 거울을 보고 시간이 멈춘 것처럼 멍하니 거울 속에 자신을 쳐다봤다.

머리끝부터 피가 덕지덕지 묻은 상태로 빵을 먹고 있는 자신이 보였다.

충격적이긴 했지만 이상하게 아무 생각이 들지 않는다.

머릿속이 멍했다.

거울에서 눈을 떼고 다시 빵을 먹었다.

문이 열리는 소리가 났다.

김주호는 등 뒤로 얼굴을 돌렸다.

시커먼 얼굴이 눈에 들어왔다.

브로드 베인이다.

"천천히 먹어. 체한다."

브로드가 안으로 걸어 들어오면서 말했다.

김주호는 손에 들고 있던 빵을 내려놓았다. 오랫동안 음식물을 섭취를 안 했더니 오히려 음식이 잘 들어가지 않았다.

브로드가 담배갑에서 한 가치를 꺼내 내밀었다.

김주호는 벌떡 일어나 담배를 받았다.

"감사합니다."

담배를 입에 물었다.

브로드가 지포 라이터로 불을 붙여 주었다.

담배를 깊숙이 빨았다.

연기가 몸속으로 들어오면서 머리가 핑 돌았다.

어지러움에 서있기가 힘들어 바닥에 드러누웠다.

"1시간 후에 두 번째 경기를 시작한다. 물이나 음료 너무 많이 마시지 마라. 탈수 증상이 올 수도 있으니까."

"몇 번이나 더 해야 하는 겁니까?"

김주호가 천장으로 담배연기를 뿜으면서 물었다.

"마지막 경기다. 쉽게 이길 거야. 부상을 당했어. 다리
를 전다. 그래도 방심하지 마라."

"다행이네요."

배를 불리고 담배를 피자 졸음이 쏟아 졌다.

당장 눈을 감고 잠들고 싶었지만 몸부터 씻어야 한다.

몸이 둔해져서는 안 돼.

김주호는 자리에서 일어나 담배를 피면서 화장실로 갔
다. 화장실 공간은 지독하리만큼 협소했다.

대변기 하나와 수도꼭지에 호스 하나가 달려 있었다.

김주호는 담배를 마저 피우고 대변기 안으로 던져 넣었
다. 팬츠를 벗고 수도꼭지를 틀었다.

얼음장 같은 물이 나왔다.

얼음장이든 뭐든 천국이다.

머리부터 적셔 샤워를 시작했다.

"검사님⋯⋯."

계장이 다 죽어가는 목소리로 검사를 불렀다.

벽에 머리를 기대 눈을 감고 있던 최 검사가 눈을 떴다.

"이 새끼들 우리 굶어 죽이려는 거 아닐까요? 이틀째 물 한 방울도 안 주고 이 씨발놈들……."

계장이 부어오른 얼굴로 울먹거렸다.

"징징 대지 말고 정신 바짝 차려. 그 전에 죽을 수도 있다."

최 검사가 지친 얼굴로 말했다.

"우리 이제 어떻게 해요?"

"생각 중이야."

"그 놈의 생각을 미리 못했기 때문에 이 지경 된 거 아니에요."

계장이 짜증을 부렸지만 최 검사는 대꾸하지 않았다.

살짝 울컥하긴 했지만 입 밖으로 할 말이 나오지 않았다.

할 말이 없다.

상관으로써 이번 일에 책임을 통감했다.

어느 모로 자신의 책임이 컸다.

자신감이 과했다.

"미안하다."

"죄송합니다. 상황이 이 지경이라 저도 모르게……."

"생각해."

"무슨 생각이요?"

"최선의 방법. 가만히 당하고 있어봤자 남는 게 없잖아.

무슨 방법이든 강구해내. 1분 1초가 금이다 지금은."

"이 상황에 무슨 방법이 있긴 할까요."

"있다. 그렇게 믿어."

철컹.

문 열리는 소리가 났다.

김 이사가 터벅터벅 들어왔다.

최 검사는 실실 웃음을 흘리고 있는 그를 올려다보았다.

"아직 눈빛이 살아있는데 그래."

김 이사가 어깨를 들썩이며 웃었다.

계장이 입을 반쯤 벌리며 숨을 거칠게 쉬었다.

김 이사는 왼 쪽 손에는 접시를 오른 쪽 손에는 물통을 들고 있었다.

"며칠 동안 너희들을 애완용으로 기를 생각이야. 검사를 애완용으로 키우다니. 멋지지 않냐?"

김 이사가 뒤에 서 있는 부하를 웃으며 쳐다봤다.

부하가 잘 보이려는 듯 웃어 보였다.

김 이사는 손에 들고 있던 그릇을 들어 침을 모아 툭 뱉었다. 그리고 그 그릇 위로 물을 따랐다. 콸콸 떨어진 물이 그릇에 넘칠만큼 꽉 찼다.

김 이사는 그릇을 바닥에 놓으며 양 팔을 벌렸다.

"자 먹어."

계장이 눈치를 보다가 애벌레처럼 엉금엉금 기어갔다.

최 검사는 이를 꽉 깨물며 눈을 감았다.

계장이 그릇을 주워 입으로 가져갈 때, 김 이사가 그릇을 발로 툭 밀어 찼다.

그릇이 떨어지면서 물이 엎어졌다.

"이런……. 발이 미끄러졌네?"

인조석 바닥 위에 엎어진 물을 멍하니 쳐다보던 계장이 얼굴을 내렸다.

최 검사의 얼굴이 분노로 붉어졌다.

인간이 물을 안 먹고 버틸 수 있는 기간은 고작해야 3일이다.

먹어야 산다.

최 검사가 무릎으로 기어가 바닥을 핥았다.

김 이사가 끅끅 거리다가 커다랗게 웃음을 터트렸다.

"으하하하하!"

최 검사와 계장이 바닥에 엎어진 물을 핥아 먹는 사이 김 이사는 웃음을 멈추지 못했다.

"이런 거야. 이 세계는 말이야. 힘 앞에 굴복되게 돼있어. 고작해야 검사 나부랭이가 설칠 수 있는 세계가 아니라는 거지."

김 이사가 물을 핥아 먹고 있는 최 검사의 얼굴을 걷어찼다.

최 검사의 얼굴이 코피로 잔뜩 번졌다.

"검사답게 평소처럼 한 번 으스대 보지 그래?"

김 이사가 이죽거리며 말했다.

최 검사는 무릎을 꿇은 채 코피를 쏟아냈다.

바닥에 엎어진 물을 핥아 먹던 계장이 두려움과 분노가 섞인 눈초리로 김 이사를 노려보았다.

"너희들이 왜 감금되어 있을까? 생각해봤어?"

김 이사가 냉랭한 어조로 지나가듯 말했다.

최 검사는 입 안에 고인 피를 삼키며 김 이사를 올려다 보았다.

"전혀 감이 안 잡혀?"

김 이사가 고개를 저어 보이며 물었다.

"우릴 어쩔 생각이야?"

질문을 던지는 최 검사를 보며 김 이사가 혀를 찼다.

"검사 정도 되면 그래도 대가리 하나 정도는 좋은 줄 알았는데. 영 촉이 없으시네."

김 이사가 눈살을 찌푸리며 말을 이었다.

"네들이 내게 어떻게 행동하느냐에 따라 생과 사가 걸려있으니. 잘 처신하도록 해. 그럼 개먹이 정도는 던져줄 용의가 있으니까."

"시간 됐습니다."

부하의 말에 김 이사가 고개를 끄덕였다.

"그럼 맛있게들 먹도록."

김 이사가 미소를 보내며 몸을 돌렸다.

그들이 떠난 후 최 검사는 코와 입가에 묻은 피를 어깨에 닦았다.

"괜찮으세요?"

계장이 흐려진 목소리로 물었다.

"잘했어. 잘 한 거야. 기분 상할 것 없어. 쪽팔려 할 것도 모멸감을 느낄 필요도 없어. 자존심 상해할 필요 없다. 살아야 돼. 살아서 갚아주면 된다."

최 검사의 눈에 뜨거운 감정이 휘몰아쳤다.

"이 꼴을 하고도 검사님은 그런 말이 나오세요? 무슨 수로 여길 나가요?"

계장이 소리 없이 눈물을 흘렸다.

"한 가지는 확실해졌어."

계장이 눈물이 번진 얼굴로 최 검사를 쳐다봤다.

"검찰이 관련 되어 있다. 그게 우릴 감금해 놓는 이유야."

계장이 충격을 먹은 듯 눈에 초점이 흐려졌다.

"그럼 아까 검사님이……."

"모른 척 한 것뿐이야. 놈은 며칠이라고 했어. 그렇다는 건 우리에게 주어진 시간이 얼마 남지 않았다는 거야. 검사와 계장이 실종됐다면 수사망은 반나절 안에 이 곳 근처로 좁혀진다. 그럼에도 불구하고 경기는 계속되고 있고 더군다나 놈들의 여유로운 표정을 봐."

"고위 간부가 엮여있다는 거군요."

"쉽게 죽이진 못할 거야. 검찰과 등을 돌릴 필요는 없겠지. 아마 조만간 검찰 간부나 그 휘하가 접촉을 해올 거다. 무조건 사건에서 손 떼겠다고 해. 모른 척 쥐 죽은 듯이 살겠다고 하는 거야."

"에이 씨……."

계장이 흐느끼는 목소리를 삼키며 벽으로 고개를 돌렸다.

최 검사는 출입구를 보며 어금니를 씹어 삼켰다.

"우리 적은 놈들이 아니야. 검찰이다."

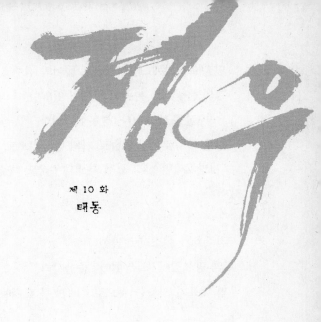

제 10 화
태동

I

김주호는 간헐적으로 숨을 내쉬다가 기침을 했다.

손목이 천장 사슬에 묶여있는 김주호의 몸은 찢어진 상처와 멍으로 가득했다.

문이 열리고 부하 한 명이 들어와 깍듯이 고개를 숙였다.

"대표님 오십니다."

김 이사의 손짓에 고문을 하던 남자가 손에 들고 있던 몽둥이를 버렸다.

민 대표가 들어오자 김 이사를 포함 창고 안에 있던 남자들이 깍듯이 고개를 숙였다.

민 대표는 무표정한 얼굴로 들어와 김주호 앞에 섰다.

그의 눈빛에는 짜증이 깃들어 있었다.

"……잘못 했습니다. 잘못했습니다."

김주호가 찢어진 입술로 거의 반사적으로 말했다.

"재벌 2세면 신경 써서 특별대우라도 해줄 거라고 생각했어?"

"……죄송합니다."

김주호가 쉰소리로 말했다.

"왜 망설였어? 불쌍했어? 죽을까봐?"

민 대표가 서늘한 눈으로 김주호를 노려보며 말을 이었다.

"브로드가 얘기 안 하던가? 쇼맨쉽이 중요하다고."

민 대표가 김주호의 코앞으로 자신의 커다란 얼굴을 가져다 대며 말했다.

김주호가 소름이 끼친 듯 몸을 파르르 떨었다.

천장에 매달린 사슬이 철컥 거리며 냉랭한 소리를 냈다.

"김 이사."

"예."

"오늘 경기 있나?"

"메인 경기 하나 있습니다."

"남은 경기는?"

"오늘 이후론 사흘 후에 하는 경기가 마지막 게임입니다."

"아 그렇지. 오늘 게임이 몇 시야."

"새벽 1시입니다."

"게임 끝나면 썩은 생선들 다 갖다 버려."

"하지만 현기 회장과 틀어지면 귀찮은 일이……."

"놓아주는 게 오히려 더 귀찮은 일이야. 저런 큰 물고기일수록 두고두고 후환거리가 되는 법이거든. 냄새 나지 않게 조용히 갖다 버려."

"알겠습니다."

"대표님! 대표님! 살려주십시오. 살려주십시오! 번외 경기 하나 주십시오. 이번 경기에서 제가 다 죽여버리겠습니다!"

김주호가 뱃심을 쥐어짜며 소리 질렀다.

민 대표는 무시하고 창고를 나갔다.

김주호는 절망감으로 물든 얼굴로 김 이사를 쳐다봤다.

김 이사가 김주호 앞으로 다가가 쓴웃음을 지어 보였다.

"너무 무서워하지 마. 어차피 인간은 다 죽어. 그냥 운이 없다고 생각해. 고통은 잠깐이니까 잠깐만. 아주 잠깐만 참으면 되는 거야."

김 이사가 김주호의 뺨을 톡톡 두드렸다.

"어디보자."

김 이사가 시계를 확인했다.

"한 7시간 남았네? 네 인생에서 가장 소중하고 짧은 시간이 될 거야. 이 귀중한 시간동안 지난날들을 추억하도록 해. 우리가 주는 마지막 선물이야."

김 이사가 누런 이빨을 내보이며 웃었다.

"마지막으로 통화 한 번만 하게 해주세요."

김주호가 몸을 덜덜 떨면서 말했다.

김 이사가 웃는 표정으로 얼굴을 찌그러트렸다.

"전화? 왜? 살려달라고 빌게? 현기 그룹에 네 상황이 전달되면 대표님이 생각을 돌리기라도 할 것 같아서?"

김주호의 눈빛이 체념으로 변했다. 그리고 그 눈빛은 곧 증오로 바뀌었다.

"너 아직 덜 아프구나?"

김 이사가 무표정하게 말했다.

김주호의 눈빛이 흔들렸다.

짜악!

김 이사가 김주호의 뺨을 때렸다.

짜악!

두 번째.

짜악!

빰을 세 번 때리자 진득한 피가 입술을 타고 쭉 흘러 내렸다.

"보내줄 때 곱게 죽어. 왜 고통 속에 죽어가려고 그래. 그냥 산체로 화장시켜줄까?"

김주호가 김 이사의 눈을 피하며 전신을 떨었다.

"갑자기 또 삔또 확 상하네."

김 이사가 자켓을 벗었다.

"죄, 죄송합니다."

김주호가 말을 더듬었다.

"죄송할 짓을 하지 말아야지. 왜 그런 짓을 해."

김 이사가 몽둥이를 주워들었다.

"개새끼나 인간이나 꼭 뒤지게 처 맞아야 위아래를 안다니까."

몽둥이를 휘둘렀다.

허벅지를 맞고 김주호의 몸이 휘청 거렸다.

드르륵!

쇠사슬이 움직이는 소리가 조용한 창고를 커다랗게 울렸다.

"……아아."

김주호가 고통으로 고개를 젖히며 몸을 비틀었다.

"이제 시작이야. 곧 죽더라도 벌은 제대로 받아야지."

김 이사가 몽둥이로 김주호의 턱을 툭툭 밀었다.

"이 새끼 이거 그냥 여기서 패 죽여 버릴까. 날 노려봐? 응?"

김 이사가 몽둥이를 들어 올릴 때 문이 열렸다.

"이사님."

"왜!"

김 이사가 짜증이 담긴 어조로 버럭 외쳤다.

"대표님이 찾으십니다."

김 이사가 한숨을 쉬며 김주호를 쳐다보다가 몽둥이를 던지고 손을 털었다.

"있다가 뒤질 땐 곱게 뒤져라. 성깔 돋구지 말고."

김 이사는 김주호를 노려보며 자켓을 입고 창고를 나섰다.

"뭣 때문에 찾으시는 거야?"

김 이사가 손목을 까닥거리자 부하가 담배를 꺼내 입에 물려주고 불을 붙여주었다.

"마약 공장 폐기 건으로 찾으시는 것 같습니다."

김 이사가 담배를 빨면서 인상을 썼다.

깊게 들이마신 연기를 부하의 얼굴에 뿜었다.

"야."

"예?"

부하가 긴장한 얼굴로 고개를 들었다.

"준석이한테 검사 새끼 두 명 빼고 폐기물들 전부 저 새끼 있는 창고에 다 같다 집어넣으라고 해. 오늘 안에 싹 다 정리할 거니까."

"알겠습니다."

"분명히 검사새끼들 두 명 빼고라고 했다. 실수하지 마라."

"예 이사님! 맡겨주십시오."

부하가 90도로 허리를 숙였다.

김 이사는 걸음을 옮겨 계단 앞으로 가면서 혀를 찼다.

"엘리베이터 있는 데로 옮기자니까 씨부럴. 다리 아파 죽겠네 아주."

김 이사는 툴툴 거리며 계단을 올라갔다.

정우는 회식을 했던 가게 입구 앞에 도착했다.

아직 낮이라 그런지 가게는 오픈되어 있지 않았다. 정우는 입구 앞에서 시야를 넓히며 주변을 살펴봤다.

막상 가게 앞에 도착하긴 했지만 뛰어나다고 생각했던 머리는 그다지 효율성을 발휘하지 못했다.

아무런 증거도 정황도 모르는 상태에서 추적을 해나가기란 불가능이었다.

정보가 너무 적다.

그 땐 비가 내렸고, 동네에는 사람이 많지 않았다.

이경철에게 전해들은 채아의 말에 의하면 김주호는 집에는 연락을 했고 이후로는 연락 두절이다.

개인적 탈선의 여지가 충분히 있긴 하지만 좀처럼 찜찜한 기분이 사그라지지 않는다.

어째서일까.

의심이 위험한 감각을 끌어당기고 있다.

여기서 더 생각해봤자 의미가 없다는 생각이 들었다.

집으로 가기 위해 발길을 옮겼다.

삼거리에서 우측으로 가려던 정우는 골목길에서 학생들이 담배를 피며 바닥을 구경하고 있는 모습이 보였다. 정우는 조금씩 가까이 걸어가면서 그들이 보고 있는 바닥을 보았다.

바닥에 뭔가 자국 같은 것이 있는 것 같았다.

정우는 골목 안으로 향했다.

"야 이거 핏자국 아니냐?"

"그런 거 같은데?"

"시발 이거 인신매매 뭐 그런 거 아니야?"

"야 그런 걸걸. 왜 있잖아. 랜덤채팅에서 여자인 척 꼬셔서 나와가지고는 조선족들이 납치해서 장기 가져다 팔고. 청웅 어쩌고."

"지랄한다."

"야 시발 이거 진짜야. 인터넷 안 봤냐?"

"그걸 믿냐 붕신아."

"야 대한민국 연간 실종자수가 얼마나 되는지 아냐?"

"묻지 마 살인일 수도 있지."

"뉴스에 뭐 나온 거 없었잖아."

"그냥 뭐 쏟은 거 아니야? 좀 희미한 게 피 같지는 않은데."

"냄새 맡아봐."

"미쳤냐."

학생들이 바닥을 보며 대화를 나누다가 발소리를 듣고 고개를 돌렸다. 갑자기 나타난 정우를 보고 다섯 명의 학생들이 눈에 물음표를 띠웠다.

정우는 학생들 사이로 지나가 바닥을 확인했다.

벽과 바닥 사이에 자란 잡초와 바닥에 출혈 흔적이 남아 있었다.

피가 확실하다.

불안감이 등을 찔러왔다.

정우는 주변에 다른 흔적들이 있는지 살펴보았다.

"미안한데 담배 다 폈으면 다들 돌아가."

정우가 바닥을 살펴보며 말했다.

남학생 한 명이 코웃음을 쳤다.

"이 새끼 뭐냐."

남학생이 담배를 쭉 빨며 정우를 노려봤다.

옆에 선 키가 큰 학생이 정우의 옷깃을 잡아 당겼다.

"야 동작 멈추고 여기 서봐. 대령고교네?"

무시하고 주변을 살피던 정우가 옷깃을 잡은 손을 쳐내며 바닥에 떨어진 목걸이를 주워들었다.

별 목걸이다.

체육관에서 테스트를 할 때, 연아에게 맡겼던 모습이 떠올랐다.

분명 김주호의 목걸이가 확실하다.

정우의 얼굴이 얼어붙었다.

"이 새끼가 뒤질라고. 야!"

남학생이 담배를 바닥에 버리며 정우에게 걸어갔다.

멱살을 잡으려고 뻗은 손을 막으며 정우가 몸을 돌려 허리를 비틀었다.

주먹으로 남학생의 입을 때렸다.

살이 터지는 소리가 나면서 이빨이 깨져 나갔다.

"억……!"

남학생이 짧은 신음을 흘리며 바닥으로 쓰러졌다.

"이 씨발놈!"

"개새끼가."

친구가 바닥에 쓰러지는 걸 보고 4명의 남학생이 한 번에 정우에게 달려들었다.

정우는 가장 가까이에 있는 한 명의 양 어깨를 잡아 옆 사람에게 밀어 던졌다.

친구를 몸으로 받은 학생이 뒤로 밀려나며 같이 쓰러졌고 달려드는 다른 한 학생의 가슴을 발로 밀어 찼다.

정우는 몸을 뒤로 잠깐 뺀 뒤 마지막으로 달려드는 학생의 다리를 걸어찼다.

다리를 맞고 학생이 몸이 공중으로 뜨면서 바닥에 풀썩 쓰러졌다.

비틀 거리며 일어나려는 그의 턱을 무릎으로 찍어 찼다. 무릎에 턱을 맞고 쓰러진 학생이 정신을 반쯤 잃고 바닥을 뒹굴었다.

서 있는 나머지 학생은 처음 몸이 부딪친 두 명.

그들을 향해 정우가 걸어갔다.

두 명의 학생이 겁에 질린 얼굴로 뒷걸음질 쳤다.

발끝으로 오른쪽에 선 학생의 정강이를 툭 찼다.

한 학생이 얼굴이 일그러지며 고개를 숙여 다리를 붙잡을 때 정우가 그의 머리를 잡아 아스팔트 벽에 처박았다. 곧장 의식을 잃고 바닥에 쓰러졌다.

유일하게 남아있는 마지막 한 명이 뒤늦게 등을 보이고 뛰었다.

정우가 쫓아가 뒷덜미를 잡아 당겼다.

다리에 힘이 풀려 바닥에 풀썩 주저앉은 학생이 턱을 덜덜 떨면서 정우를 올려다봤다.

정우는 왼 손으로 그의 목을 움켜잡아 일으켜 세웠다.

벽에 밀친 뒤, 정우가 주먹을 들었다.

움켜 쥔 주먹에서 꽈드득 소리가 났다.

목이 졸린 그가 정우의 주먹을 보고 입을 벌리며 눈을 번쩍 떴다.

정우가 주먹을 날렸다.

듣기에 거북할 정도로 묵직한 타격 소리가 났다.

얼굴이 뭉개진 학생이 벽에서 미끄러지며 쓰러졌다.

정우는 목걸이를 손에 꽉 쥐고서 골목길을 나왔다.

심플하면서도 고급스럽게 인테리어 된 실내.

정장 차림의 남자는 손에 들고 있는 사진을 코르크 보드판에 걸었다.

코르크 보드판에는 10여장이 넘는 사진이 걸려 있었고 그 사진 속 주인은 모두 동일인물이었다.

남자는 강렬한 눈매로 사진들을 살펴봤다.

정면을 보고 있던 시선을 오른쪽으로 돌렸다.

오른쪽 벽에는 사설 격투기 도박장을 운영하고 있는 민

대표에 관련된 사진 및 자료가 가득 채워져 있었다.

남자는 테이블에서 파일 하나를 들어 확인했다.

그의 시선이 무엇을 떠올리는 듯 낮게 가라앉았다.

남자는 손으로 이마를 짚었다가 눈을 문질렀다.

의자에 앉아 고개를 젖혀 천장을 쳐다봤다.

눈을 감고 한참동안 그 상태로 있던 남자가 눈을 떴다.

그는 파일에 자료 몇 개를 넣은 후 불을 끄고 문을 닫고 방을 나왔다.

거실로 나온 남자는 손에 들고 있던 파일을 입에 물고 소파에 걸쳐 놓은 자켓을 걸쳐 입었다.

오피스텔에서 나온 남자가 스마트키로 문을 열었다.

남자는 벤츠에 올라타 파일을 보조석에 두고 시동을 걸었다.

남자는 잠시 머뭇거린 뒤에, 고개를 들어 눈을 번쩍이며 엑셀을 밟았다.

Ⅱ

단서가 너무 적다.

비가 왔음에도 불구하고 상당량의 출혈이 흔적으로 남았다.

출혈량으로 보면 현장에서 즉사했을 가능성이 충분하
다.

정우는 얼굴을 딱딱하게 굳혔다.

꽉 쥐고 있던 손을 펼쳤다.

손바닥 위로 보이는 별 모양의 금목걸이를 보자 머리가
지끈거렸다.

충격적일 정도로 커다란 위화감이 가슴 속에 스며들었
다.

뿌연 연기가 가득 찬 것처럼 답답하다.

가게에서 얼마 떨어지지 않은 장소다.

경찰측에서 아직 조사가 나오지 않았다는 건 목격자가
아직 나타나지 않았다는 말이 된다.

범인은 혼자가 아닐 가능성이 높다.

혼자라면 그 골목은 타겟을 노리기에 적적할 장소가 아
니다.

우발적 범행?

우발적 범행으로 그 정도의 출혈량이 날 가능성은 적다.

현장에서 그 정도의 피를 흘린 인간을 옮기는 것은 쉬운
일이 아니다.

골목 앞으로 차를 댔을 것이다.

범인에게 배경이 있을 가능성이 높다.

김주호가 현장에서 죽을만한 이유가 머릿속에 그려지지

않는다.

혼자서는 처리할 수 없는 일이다.

추적을 위해선 경찰의 도움을 받는 수밖에 없다.

CCTV와 블랙박스로 범행 상황과 도주로를 체크해야 한다.

시간이 없다.

살아있을 가능성을 생각한다면 시간을 최소한으로 줄여야만 한다.

정우는 걷던 속도를 높여 이내 경찰서로 뛰어갔다.

오른쪽 골목을 돌았을 때.

빠아아아아아앙!

벤츠 한 대가 클락션을 울리며 앞을 가로 막았다.

정우가 급히 걸음을 멈추는 순간 벤츠가 풀악셀을 밟았다.

바퀴가 급격하게 회전했다.

시끄러운 엔진 소리를 내며 벤츠가 정우를 향해 달려 왔다.

의도적이다.

뒤로 도망가는 건 자살 행위다.

벽으로 등을 붙이며 벤츠를 집중해서 쳐다보았다.

피할 공간이 없다.

부딪치기 전에 뛰어 들어야 한다.

좁은 거리기 때문에 앞 유리창에 부딪친 다면 충격은 최소화된다.

벽을 등 뒤로 두고 점프를 할 수 있도록 상체와 무릎을 굽혔다.

예상과 달리 벤츠는 핸들을 틀지 않는다.

벽에 붙은 자신을 향해 달려오지 않고 옆에서 급정거했다.

벤츠는 선팅이 되어 있어 운전석 주인이 보이질 않았다.

창문이 살짝 내려왔다.

잘 정돈된 앞머리와 선글라스를 낀 얼굴 윗부분이 보였다.

선글라스 사이로 희미한 눈빛이 보인다.

그는 열린 창문 사이로 파일 하나를 던져 바닥에 떨어트렸다. 정우는 벤츠 운전석 문을 보면서 그가 떨어트린 파일을 주웠다.

창문이 올라갔다.

벤츠가 출발하려 할 때, 정우가 발로 유리창을 밟았다.

방탄유리라는 직감이 발끝에서 느껴졌다.

정우는 유리를 깰만한 것이 있는지 확인하기 위해 주변을 살폈지만 흔한 돌맹이 하나 보이질 않았다.

정우는 벤츠 번호판을 보려 했으나 무의미했다.

벤츠는 번호판을 달고 있지 않았다.

정우는 손에 파일을 들고 벤츠를 뒤따라 뛰었다.

누구냐?

벤츠가 내리막길을 내려갈 때, 정우는 오른쪽 골목으로 방향을 틀었다. 도로로 나가기 위해선 저 방향으로 계속 내려가면 우회전 밖에 없다.

사거리 골목에서 만나게 되어있다.

공사장!

정우는 전속력으로 뛰었다.

담장 하나를 넘고 놀이터를 지나 대각선 골목을 치달렸다.

좁은 골목을 나와 정우는 엄청난 스피드로 달려가면서 건물 공사 중인 공사장 앞 전봇대 아래에 버려져 있는 끊어진 철봉을 잡아 다시 뛰기 시작했다.

사거리 앞으로 다다르기 시작했을 때 차량 소리가 들렸다.

거리 계산이 머릿속에서 그림처럼 펼쳐졌다.

뛰던 속도를 살짝 낮췄다가 호흡을 가다듬고 다시 전속력으로 뛰었다.

사거리 앞에 도착했다. 정우는 파일을 입에 물고 건물 사거리 안으로 달리는 차량 앞으로 달려들었다.

정우는 벤츠 전면 앞 유리창 앞으로 뛰어 들면서 운전석 방향으로 철봉을 박아 넣었다. 굉음이 나면서 유리창에 거

미줄처럼 균열이 생겼다.

벤츠가 좌우로 큰 각으로 흔들렸다.

정우의 몸이 차 보닛 위에서 옆으로 굴러 떨어졌다.

타이어 긁히는 소리가 났다.

방향이 뒤틀린 벤츠가 벽을 한 차례 긁었다.

사이드 미러가 부러져 바닥에 나뒹굴었다.

벤츠는 살짝 중심을 못 잡는 듯 하다가 다시 제대로 방향을 잡고 앞으로 쏘아지듯 나갔다.

정우는 옆구리를 잡고 일어났다.

금이 가지도 부러지지도 않았다.

다행이 찰과상 통증이다.

정우는 철봉을 버리고 다시 벤츠를 뒤쫓았다.

벤츠는 이미 도로가로 진입한 상태였지만 신호에 걸리면 따라 잡을 수 있다.

정우가 도로가로 뛰어 나왔을 때 벤츠 차량은 신호와 버스 전용 도로 구간을 무시하고 도로를 질주했다.

더 이상 추격은 불가했다.

정우는 그 자리에 멈춰 서서 격한 호흡을 뱉어냈다.

상가 출입구 계단 앞에 앉아 파일을 확인해 보았다.

파일 안에 들어있는 건 A4 용지에 깔끔하게 정리되어 있는 인쇄 자료들이었다.

사설 격투기 도박장을 운영함과 동시에 마약 거래 및 성매매를 운영하는 민 대표의 사업 운영에 대한 자료가 상세하게 나와 있었다. 그리고 그 내용 뒤로 관계도가 그려져 있다.

관련 인물 중 주요사항으로 체크 되어 적혀 있는 것은 검찰.

검찰이라는 글자 옆으로 물음표가 표시되어 있다.

정우가 빠르게 다음 페이지를 넘길 때, 종이 파일 사이로 사진 몇 개가 떨어져 내렸다.

정우는 사진을 주워들었다.

멀리서 찍은 공장 사진이었다.

사진 뒤에는 안양 BK 공장 주소가 적혀져 있다.

사진은 총 두 장.

정우는 곧장 다음 사진을 확인했다.

사진 속 주인공은 케이지 링 안에서 피를 뒤집어쓰고 있는 김주호였다.

정우는 이미 사라지고 없는 도로를 보며 침음을 삼켰다.

김주호가 살아 있다.

아직은······.

정우의 눈에 섬광이 스치고 지나갔다.

[염왕진천하]의 작가 장산이
새롭게 선보이는 신무협 장편소설

流星傳記

유성전기

장산 신무협 장편소설

모든 기억을 잃은 채
신강의 어느 동굴에서 깨어난 유성.
기억하는 건 유성이라는 이름과
내면에서 비롯되는 절대의 무공.
그리고 유성을 거두어준 남가장의
가주 남천미.

일말의 희망을 품고 받아들인 유성으로인해
남가장에 새로운 변화가 시작된다!
그리고 그 변화의 바람은 전무림을 향한
거대한 돌풍으로 거져만 가는데!

그가 내면의 껍질을 깨고 각성을 하는 날!
무림은 새로운 절대자를 만나게 될것이라!

NEO ORIENTAL FANTASY STORY